Yan li de 艳丽的

朱司俊　陈知雨　著

红领巾 Hong ling jin

青海人民出版社

图书在版编目（CIP）数据

艳丽的红领巾 / 朱司俊，陈知雨著 . -- 西宁 : 青
海人民出版社 , 2020.11
ISBN 978-7-225-06065-1

Ⅰ . ①艳… Ⅱ . ①朱… ②陈… Ⅲ . ①长篇小说—中
国—当代Ⅳ . ① I247.5

中国版本图书馆 CIP 数据核字 (2020) 第 215556 号

艳丽的红领巾

朱司俊　陈知雨　著

出 版 人　樊原成
出版发行　青海人民出版社有限责任公司
　　　　　西宁市五四西路 71 号　邮政编码：810023　电话：（0971）6143426（总编室）
发行热线　（0971）6143516 / 6137730
网　　址　http://www.qhrmcbs.com
印　　刷　青海雅丰彩色印刷有限责任公司
经　　销　新华书店
开　　本　890 mm×1240 mm　1/32
印　　张　7.625
字　　数　120 千
版　　次　2021 年 1 月第 1 版　2021 年 1 月第 1 次印刷
书　　号　ISBN 978-7-225-06065-1
定　　价　38.00 元

目录

CONTENTS

01

女博士
"人往低处走"

　　刘丽丽就读于首都华师大学，是全校有名的校花级学霸。当她读完博士获得博士学位后，校方再三挽留她继续攻读博士后或留校任教，都被她一一婉拒。她执意要到基层小学去实践以"让孩子们快乐成长"为主旨的教学理念。她的护花使者、学长唐伟绞尽脑汁苦苦相劝，让她放弃这个既不切合实际又会让自己吃尽苦头的"美好梦想"，最终也被刘丽丽回绝。唐伟仍不死心，又搬出救兵，也就是刘丽丽的母亲来劝阻女友的心血来潮。刘丽丽的母亲是该校令人敬重的教授，父亲是科学院院士，投身于祖国的航天事业，常年多数时间不在北京，平时家中只有母女二人相互关照。刘丽丽很听母亲的话，

唐伟心想他这一招肯定有效。刘母好说歹说，女儿都不动摇。最后，刘母只好用孔老夫子"父母在不远游"的话来和女儿摆大道理，因为她知道丽儿不仅孝顺，而且历来主张用"大道理管小道理"。可女儿听后笑笑说："妈妈，你断章取义了，孔子的'父母在不远游'，后面还有一句'游必有方'，况且我离京去冀庄市也不算远，现在交通如此便捷，两三个小时就可回来。再说，家中

女博士"人往低处走"

有秦阿姨照顾你的饮食起居,我也算是'游必有方'了。"
女儿振振有词,母亲见说服不了女儿,只好向唐伟表示
歉意。

俗话说,人往高处走,水往低处流。刘丽丽的条件
优越,可她为什么要谢绝校方挽留的真情,不顾恋人的
劝阻和割舍母亲的亲情,执意要往基层小学跑呢?她的
不少同学猜测,可能她有什么不便明说的苦衷和隐情,
更有少数俗者说风凉话:刘丽丽脑子是不是进水了?刘
丽丽却十分坦然,本着"走自己的路,让别人去说"的
格言,排除种种阻力来到冀庄市红军路小学任教。

刘丽丽到红军路小学报到的当天,正值学校午间休
息。两年前,她在华中某市实习期间的一幕再现了,所
不同的是,眼前的景象比两年前更为严重:放学铃声响
过后,身背沉重双肩包的小学生们弓背弯腰蜂拥而出;
校门口挤满了自行车、电动车、老年代步车和形形色色
的各类小轿车;爷爷奶奶们和爸爸妈妈们前呼后拥,翘
首张望;学生家长和孩子们相互急切呼叫;被堵塞的公
交车、出租车不耐烦地鸣笛……

面对如此情景,刘丽丽长长地叹息了一声,她知道,

这是目前我国大部分城市小学放学时的一道特有"风景"：人头攒动，人声鼎沸，车水马龙，杂乱无序。对此，人们已经见怪不怪，习以为常了。

刘丽丽对孩子们稚嫩双肩上背着的沉重书包，做了一下粗略的估计，少说也有六七公斤。更有一些家长，心疼孩子，把双肩包换成了拉杆包。表面看，书包沉重只是个重量问题，实质却是家庭作业和课外练习题的严重超负荷。学生们每天晚上都要做家庭作业，大多做到十点钟以后甚至更晚才能完成。孩子们的睡眠时间严重不足，第二天课堂上无法集中精力听老师授课，不少学生打瞌睡，成绩自然会受影响，没办法，老师只好用多做习题来弥补，如此形成恶性循环……

这才是刘丽丽真实的择业动因。她下定决心，要在实践中摸索出一条学生家长都认同的道路，来彻底改变孩子们当前不堪重负的现状。

02

"五点新规"
惹争议

· · · · · ·

　　冀庄市教育局聘用刘丽丽后，分配她到红军路小学担任五（2）班班主任。在一位校领导的陪同下，刘老师和五（2）班的 50 名小学生见面。看到讲台前突然出现了一位仙女般的班主任，全班同学都睁大双眼仔细端详，个个惊喜不已。

　　开宗明义，刘老师按照自己既定的"让孩子们快乐成长"的教学理念，宣布了五点新规：一是减轻书包重量，包括水杯等生活用品不要超过四公斤；二是把家庭作业在原有的基础上砍去三分之二；三是提倡自己独立上下学，不要家长接送；四是鼓励孩子们多玩、爱玩、会玩；五是每周五最后一节课，固定为课外知识课。

刘老师宣布的"五点新规"，比她的美丽形象更加惊艳！她的话音刚落，全班同学就欢呼雀跃了，大家不约而同地起立，长时间热烈鼓掌，对刘老师的"五点新规"表示赞同和拥护。

同学们的热烈响应，更加坚定了刘丽丽以减负为开端的教改决心，她用手示意同学们坐下，待课堂安静之后，刘老师开始点名。之前她已对全班同学进行了摸底，每个人的年龄、性别、高矮、体重、家庭住址、父母职业等都有一个基本了解，但很抽象。点名过后，逐一对照，刘老师对这群可爱的孩子们才有了初步的具象认知。

为了摸准实情，刘老师问："有没有同学自愿展示一下自己沉重的书包里都装了些什么？"

开始，全班没有一个人响应，两分钟过后，赵强、王华、黄君三位同学先后举手，表示愿意打开自己的双肩包，接着举手的人越来越多。最后，只有坐在前排戴高度近视眼镜的荣光荣等三五个同学没有举手。于是，刘老师便从举手的同学中随意抽了十位同学，到讲台上展示自己书包里形形色色的"宝贝"。相同的是语文、数学、英语等课本，还有铅笔盒、词典、复读机、水杯等；

"五点新规"惹争议

不同的是书包里的课外练习题、练习本有多有少，多的有一大摞，重达三四公斤。另一个不同点是每个人所带的小食品、水果等品种繁多，差别较大。比如：王华带的是巧克力和苹果，赵强带的是鲜奶和鱼片，黄君带的是两个大菜包子和一瓶白开水。

接着，刘老师又对全班同学说："同学们，我建议除了教科书、铅笔盒、水杯之外，其他的都可以省掉，特别是家长们给你们购买的课外练习题、练习本要坚决扔掉！另外，要养成吃早餐的好习惯，早餐吃饱吃好，课间不许吃零食，所以书包里不要带任何食物。"班长高胜同学说："恐怕暂时我还不能全部做到，因为我爸爸教导我，压力就是动力。"刘老师对高胜的意见未置可否，同意他想通之后再做决定。

一个课时很快就过去了，下课前刘老师把她提前打印好的"五点新规"和"家长商榷函"发给了每位同学，并让同学们带给各自的家长。

……

一石激起千层浪，刘丽丽的五点教学新规如长了翅膀一般，很快在校园内传开了：

首先，全校四至六年级的各班绝大多数同学都十分羡慕五（2）班同学摊到了一位好老师。

二是学生家长间反响强烈，形成两种意见：一种是以荣光荣同学的妈妈为代表的学生家长坚决反对。理由是玩是玩不出好成绩来的，不能让这个爱出风头的刘老师把自己的孩子带野了、带歪了，输在起跑线上；另一种是以赵强、王华家长为代表的表示拥护。理由是孩子们正处在"拔节孕穗期"，爱玩是孩子们的天性，学习和玩耍要并重，孩子应该全面发展。

三是老师们的反应也分两种：一种是以校教导主任贾雪梅为代表的多数老师表示反对，理由是老师们靠学生分数高低评定效益工资的多少，刘老师的"五点新规"必然会让学生们的考试成绩大幅下滑，这样一来，老师们的收入可就惨了；另一种是以体育老师马达和德籍英语老师艾德华为代表的少数老师表示支持，理由是对十一二岁的孩子们来说，快乐比什么都重要，德智体美劳全面发展才是正确方向。

四是以校长李智为代表的校委会的态度，同意只在五（2）班试验，其他班级维持现状。理由很简单，实

践是检验真理的唯一标准，刘老师的教学理念正确与否要看试验效果。

校领导的意见一锤定音，刘丽丽的教改新规引起的波澜暂时平静了下来。可是，在五（2）班内部却余波未平。荣光荣同学全盘否定刘老师的意见，他说他只听他妈妈的话。上学以来，他在妈妈的高压下，每天晚上都要做大量的课外作业，晚上十点半甚至十一点过后才能睡觉，实践证明，他妈妈的"吃得苦中苦才能甜上甜"的教导是完全正确的，自己的考试成绩一直都是满分，总是排在年级乃至全校光荣榜的头名。

荣光荣向刘老师转达他妈妈的意见说：如果刘老师强行改变儿子的学习方法，她就把儿子调离五（2）班。

对荣光荣的坚持，黄君、赵强等同学建议，干脆把他调离五（2）班算了，别让"一粒老鼠屎坏了一锅汤"。班长高胜对此表示支持，他说："考试满分不一定就代表最棒，荣光荣想走就让他走。"王华表态说："我认为赵强、黄君的意见表面上看都是把荣光荣调离五（2）班，但调离理由和高胜的意见不是一回事，他们的意见我都反对，我主张做好荣光荣和他妈妈的思想工作，把他继续留在五（2）班。"

除了荣光荣，五（2）班的同学都表示拥护刘老师的"五点新规"。在听了全班同学的意见后，刘老师说："感谢同学们的理解和支持，让我们共同努力来实现'五点新规'的逐步落实。荣光荣同学完全可以保留自己的意见和做法，大家对他不准有丝毫的歧视和想法，还要学习荣光荣同学的优点与长处，比如他热爱学习、不怕吃苦、成绩在年级乃至全校一直领先。"

对刘老师说的话，荣光荣十分感激，他站起来给刘老师行了一个鞠躬礼，并主动从自己沉重的书包里拿出一本厚厚的《最近五年小升初试题大全》，还拿出来一个小食品袋，里面装的是水果、奶酪、牛肉干等，他对刘老师说："这是我妈妈每天给我准备的课外练习册和小零食，请刘老师放心，我的身体不会累垮的！"

刘老师对荣光荣的做法表示感谢，她问荣光荣："你的近视眼镜的度数是多少？"

荣光荣回答说："500多度。"

听完，刘老师不让人觉察地轻轻叹息了一声，又满含痛惜地说："我知道了。"

03

讲评作文
《我的梦想》

刘老师的"五点新规"在五（2）班实行后，立竿见影，有了初步成果：孩子们的双肩包的重量普遍减轻；不要家长接送的孩子们也一天天地多起来；家庭作业，多数同学在晚饭前都能做完，开心地玩耍之后晚九点左右都能就寝……总之，五（2）班的同学们满脸充满阳光，一张张笑脸，显露出前所少见的喜悦与幸福。

五（2）班的班情向好，刘丽丽看在眼里，喜在心头。为了进一步深入了解全班同学内心世界的真实想法，以便有的放矢，因材施教，对症下药，分类指导，她在语文课上出了一道命题作文：《我的梦想》。除了要求语意通顺，叙述清晰之外，刘老师重点要求孩子们要讲述各

摸底作文《我的梦想》

自心中真实的梦想，如果作文中写的是一套心里想的又是另一套，即便文字再优美也得不到好评。反之，如果作文中写的确确实实是自己内心的真实梦想，即便文字水平稍差一些，也会得到较好的评价。

刘老师强调的重点十分突出，同学们都真实地写出了自己幼小心灵中的远大抱负。有的写自己长大后要当建筑工程师，设计一套全球独一无二的世界级标志性建筑；有的写要当大记者，坚决做到有好说好，有坏说坏，绝不会为了迎合他人，把坏消息吹嘘成好消息；有的写要当大企业家，像马云那样进入世界五百强；有的写要当大作家，比如张文博同学要写一部长篇神话小说《宇宙游记》，超过《西游记》作者罗贯中，自己要当张冠球；有的写要当科学家，把雾霾问题彻底解决掉……看了孩子们这些宏图大志，刘丽丽心中相当喜悦，深感当代的孩子十分了得。在遣词造句上，一派成人腔调，不仅和当年他们的祖辈、父辈少年时期完全不同，也比自己上小学时高出一大截。不仅完全看不到《小英雄雨来》《两个小八路》等那些儿童文学名著里特定历史背景下的英雄词汇和革命语言，也完全看不到当代所谓优秀儿童文学作品中成年人用孩子话讲述的故作姿态。很显然，这与科学大发展、社会大进步、知识大爆炸有关，和电脑、电视、手机、网络等现代化传播手段的广泛应用和影响也是分不开的。我们再也不能用"儿童文学故事不能用成年人语言讲述"的旧思维、老眼光来评价当代儿童文学作品的优劣了，与其抱着奶瓶含着奶嘴来写儿童文学、用成人思维拼凑一些不伦不类的所谓儿童语言而贻笑大方，倒不如与时俱进、到什么山上唱什么歌更明智一些。

经过反复比较，刘老师最后只在赵强、王华和黄君三人的作文上各批了一个"优"字，在班长高胜和荣光荣两位同学以及其他同学的作文上都批了一个"良"字。而吴若若的作文上，既没批"良"也没批"差"，当然更没有批"优"，这是为什么呢？

首先来看赵强、王华、黄君三位同学作文的书写内容。赵强同学在其作文中是这样写的："我的爸爸妈妈都是医生，给自己讲述过一些贫困的人看不起病的真实故事，对我的心灵冲击很大，我从内心同情那些看不起病的困难患者。我要子承父业，像爸爸妈妈那样，长大后专修医学当一名医德高、医术高、医效高的'三高'

医生，为广大患者特别是穷苦的患者解忧消痛……"

王华同学写道："我喜欢课外读物，尤其喜欢阅读法律方面的图书杂志，对律师这个行业渐渐地有了浓厚兴趣。所以，我的梦想是当一名有良心的律师，为老百姓主持正义，特别要为打不起官司的困难群众免费提供法律服务，帮助他们讨回公道，让冤假错案得以恢复真相，让沉冤得以昭雪……"

黄君同学在作文中讲述了自己的梦想："我长大后要应征入伍，当一名特种兵。不过在从军之前，我要设计三个小机器人，一个派到我乡下老家伺候留守老家的爷爷奶奶，让爷爷奶奶过上幸福的晚年生活；一个派到我爸爸妈妈在冀庄市开的小吃店里当服务员，帮助爸爸妈妈干好勤杂活，让它们替我在爷爷奶奶和爸爸妈妈身边尽孝。原想第三个留给我自己使唤，帮助我做家庭作业，现在刘老师来了，家庭作业被砍掉了一大半，不用机器人替我做家庭作业了，所以我想把第三个最棒的机器人带到部队与我做伴，那时候我不敢说以一当百，至少以一当十，打败敌人，保家卫国。"

在全班的作文评述课上，刘老师说："赵强、王华、黄君三位同学的作文，第一个优点是他们的梦想起因很实际，令人信服。赵强是因为了解到贫困的人看病难，王华是因为看到了困难群众打不起官司，才确定了各自的梦想。表面看，当医生和律师似乎很平淡，但要成为一个好医生和好律师，也是要付出不懈的努力才能实现的。我们国家当前广大民众看病和打官司都是一个难题，赵强、王华两位同学能从小就立志把医生和律师作为自己的人生奋斗目标值得鼓励，我相信只要他们能持之以恒，其梦想就一定能够实现。黄君同学的梦想是当一名特种兵，他不是凭空想象，而是根据自身强壮的体魄来选择的，而且他还比较浪漫地要在入伍前设计和制造三个小机器人，为其爷爷奶奶和爸爸妈妈服务，代替自己对两辈老人尽孝。什么叫忠孝两全？黄君这个梦想就叫忠孝两全！我们读书的目的是什么？一是立德，二是明理，三是长知识，有了这三点加上强健的体魄，我相信黄君的梦想也一定能够实现。另外，他们作文中的文字质朴，叙事清晰，卷面也很干净，所以我给他们三人的作文都评了优。"

　　稍许停顿，刘老师继续评述："班上其他同学的梦

想也都十分美好和远大，我为什么没给他们批'优'字呢？问题就在这个'大'字上，大而空泛，大而无当，听了耳熟，电视上、书本上似乎相识，缺少独立思考，人云亦云，没有从自身的实际情况出发，这就是你们的作文和赵强、王华、黄君之间的不同。"刘老师讲评完后，全班同学热烈鼓掌，表示完全认可。这掌声中也包含了对这三位同学的祝贺。刘老师的评述很中肯，可还是有位同学举手提出了质询："刘老师，张文博同学要写一部名为《宇宙游记》的神话小说，梦想多浪漫、多刺激！为什么没有获得'优'的评价呢？"刘老师说："这位同学问得很好，本来我是想给他打'优'的，但他作文中有一个硬伤，把《西游记》的作者吴承恩错写成《三国演义》的作者罗贯中了，这不是笔误，因为他还表示要超过罗贯中，当张冠球。作文最怕硬伤，什么是硬伤呢？一是跑题，驴唇不对马嘴；二是言不由衷，笔下写的和心里想的南辕北辙；三是张冠李戴，把吴承恩的帽子戴到罗贯中头上了，张文博同学作文中的毛病属第三种硬伤。另外，他的字迹潦草，标点不规范，卷面上还有好几处涂抹。但是他的梦想的确很美好，也很浪漫，更应该肯定的是，张文博同学在作文里说，他数不清看过多少次《西游记》，被孙悟空降妖除魔不怕艰辛，去万里之外寻求真理的精神打动了，才决定当作家。他的梦想起因很真实，所以我虚心接受刚才这位同学的质询，决定给张文博同学的作文改为'良+'。"对于刘老师虚心接受同学的疑问和耐心地讲解，课堂上又掀起一阵阵雷鸣般的掌声。

一个课时很快就过去了，刘老师没来得及评述其他同学的作文，特别是班长高胜和考试成绩总是第一的荣光荣同学都眼巴巴地盼等刘老师对自己作文的好评和表扬，但课时不等人。所以，刘老师宣布在周五课外知识课上继续评述其他同学的作文。

放学后，赵强、王华、黄君三位同学兴高采烈地结伴回家。他们住在同一个小区，所不同的是赵强、王华住的都是自己父母购买的产权房，黄君家住的则是两小间临时租来的房子。

在校外，赵强、王华和黄君的家长都习惯叫他们的爱称，小强、小华和小胖，三个小伙伴也这样相互称呼。小胖把老师批了一个"优"字的作文，视为珍宝一般带

回家向父母显摆，谁知他妈妈看后表示坚决反对，理由是，现在当兵的太苦太累，特种兵更苦更累，我们就你这么一个宝贝儿子，生活再苦再难也舍不得让你去受那些个老罪。小胖听后道出了真情，他说："爸爸妈妈，当兵再苦再累也没有你们起早贪黑开小吃店受的苦与累多。你们每天早晨四五点钟就要起来去进货准备早点，晚上都要干到十一二点之后才能睡觉，我看着都心疼。就这样一年也赚不了多少钱，还要给乡下的爷爷奶奶和姥姥姥爷寄过去一点。"小胖的妈妈听了儿子一番话之后，非常动情，搂过儿子喃喃地说："小胖真是个孝顺的好孩子。"小胖爸爸指着小胖妈妈说："你就知道钱、钱、钱，你看小胖作文里说他要制造三个小机器人，两个代替他来孝顺爷爷奶奶和我们俩，另一个和他一同参军，这就是忠孝两全，也是刘老师给他的作文评了个优的原因！"父母为小胖的作文优异成绩兴奋不已，小胖爸爸还为此喝了几杯酒，以此来鼓励儿子好好学习，继续努力为爸爸妈妈好好争光。

当天放学路上，小胖把他从军的秘密和真实的想法告诉了小强和小华，并做好了被小强、小华一顿猛尅的准备，谁知小强与小华一不反对，二不讥笑，反而充分肯定他的梦想是公私兼顾、忠孝两全。这都是因为当前我们国家的征兵政策好，不然的话，独生子女家庭仅有的一个孩子当了兵，谁来赡养父母呢？小胖听了很激动，与小强、小华击掌，并说："从此之后，你俩就是最能理解我心思的好朋友了。"谁知小强话锋一转，说："稍等，我对你的作文内容还有一点看法，那就是，如果你能把你肚子里后半截的真实想法也写出来，那就十全十美了。刘老师说过，作文有三怕，一怕说大话，那叫自欺欺人；二怕说空话，那叫欺人自欺；三怕说假话，那叫人自两欺。如果你的作文不是说一半留一半，我相信刘老师一定会给你批一个优上加优……"不等小强说完，小华接着说："完全对，小强说得太好了，我们写作文就是要心口合一，心里怎么想，笔下就怎么写，不然那就叫虚假，真的成了刘丽丽老师的绕口令：自欺欺人、欺人自欺和人自两欺了。"说到这里，小强提了一个问题："我们现在才小学五年级，就想当兵入伍，是不是太早了点？"小胖说："不早，我听我当兵的大表哥说，现在部队还从初中、高中里招收空军和海军少年学员呢！"小华也

附和小胖的话说："的确不假，少年空军学校设在大连，少年海军学校设在青岛。"

听了两个好朋友的话，小胖轻轻揉了揉自己的胖肚皮，好像一下子明白了许多，他说："你们两个，特别是小强真的比我强了一大截，有句话怎么说来着，挂在嘴上的那句话怎么说的？什么什么话，什么什么书？"小华："听君一席话，胜读十年书。"小胖赶紧接上："对对对，我比小华也差一大截。从今以后，我下决心，以你们为榜样，把学习成绩迎头赶上，早日实现我参军入伍的梦想！"

04

继续讲评
《我的梦想》

　　第二天是星期五，在课外知识课上，刘老师继续评述班上其他同学的作文。她先让班长高胜朗读自己的作文，由于刘老师在他的作文上只批了一个"良"字，高胜情绪上少许有一点不悦，可他读起自己的作文来，仍是字正腔圆，有板有眼，不紧不慢，真有点"领导干部"的派头。他读道："我原来的梦想是当一名领导干部，自从刘老师来了之后，虽然时间不长，却改变了我的人生梦想，我长大后要以刘老师为榜样，当一名合格的人民教师。人民教师最光荣，人民教师最伟大，人民教师最美丽，人民教师最可爱……"读到这里，他停顿了一下，抬头扫视刘老师和全班同学，为自己的四个"最"的排

比句洋洋得意，很可惜，并没有人为他叫好，无奈他只好继续读下去："刘老师鼓励我们广大青少年努力学习，多读书，读好书，教导我们广大青少年从书本里获取知识，寻找前程。我们中国有句古话叫'书中自有黄金屋，书中自有颜如玉'"……读到这里，全班同学一起大笑。刘老师示意高胜，读到此处就可以了，并向全班同学发问："大家为什么要笑？"赵强举手说："有志者立长志，无志者常立志。最近他见到了美丽可爱的刘老师，就改变了原来要当领导的梦想，如果明天他见到了一位航天科学家，说不定他又要改当人民航天员，登上月亮去找嫦娥呢。"听了赵强的嘲讽，大家又是一阵哄笑，谁都没发现，刘老师两颊闪过一丝不易察觉的红晕，她用手势止住同学们的笑声，问高胜是否知道"书中自有黄金屋，书中自有颜如玉"这句话的出处？高胜摇头说："不知道。"刘老师又问："有没有其他同学知道的？"也无人回答。少顷，刘老师说："高胜同学引用的这句话影响很广很远，至今仍在流传，我认为有必要简单讲解一下这句话的来历和含义，也算学习一点课外知识吧。这句话是宋朝的皇帝宋真宗赵恒在《励学篇》里的诗句，他的原话译为白话文是：你不用去盖房子，书中自有现成的宫殿式的好房子；你不用去种田，书中自有现成的成千担粮食；你不用去买好马好车，书中自有现成的一排排宝马宝车；你不用请媒人说媒，书中自有现成的娇妻美妾。一千多年来，宋真宗的《励学篇》对学子们的影响很大，在他的提倡下，不久我国的科举制度就形成了，许许多多的学子纷纷从书本里寻找自己的梦想和前程。不过影响最深的还是高胜提到的'黄金屋'和'颜如玉'这两句话。"说到这里，刘老师转入正题，她说："这也是我只给高胜同学作文批了一个'良'字的原因，倒不仅仅是因为赵强同学说的他轻易改变了自己的从政梦想，因为你们都还小，人生观还没有确定，改变梦想完全可以理解，重要的是因为他并不完全理解他引用的这两句话的真正含义。宋真宗的《励学篇》有它积极的一面，就是勉励学子们要努力学习，多读书，也有它消极的一面，那就是读书目的有严重偏离，只是鼓励学子为个人名利奋斗，而不是为国为民作贡献。"

刘老师的点评，高胜同学听后心服口服，全班同学也都受益匪浅，感到刘老师提倡的这节课外知识课果然

继续讲评《我的梦想》

既有内容又有趣味，课堂气氛更活跃了。

接下来，刘老师请荣光荣同学朗读自己的作文。荣光荣站起来，先向刘老师鞠了一躬，而不是敬队礼，扶了扶高度近视的小眼镜之后，规规矩矩地读自己的作文："我的梦想是当一名高考状元，将来无论是报考工科还是报考文科，我都要争取当全省第一名，也就是省高考状元。不是北大不读，不是清华不上。我这不是说大话，放空炮，从人生起跑线开始，也就是从上幼儿园开始，我妈妈就已经为我定下了这个远大目标……"荣光荣读到这里，全班同学齐声"哇"了一声，既不是点赞，也不是反对，似乎只是惊讶。荣光荣继续读下去："我妈妈说得好，吃得苦中苦才能甜上甜，所以我每天晚上做练习题至少要做到十点半，有时候到十一点。我不觉得苦和累，虽然我的眼睛近视度数越来越高，我并不担心，因为科技一天比一天发达，近视只是一种小毛病，很容易治好。每天妈妈都陪伴我到深夜，还要做夜宵给我吃，我为有这样一位好妈妈而骄傲，我为有如此伟大的母爱而自豪……"刘老师示意荣光荣就读到这里，接着开始点评："荣光荣同学的作文叙述清晰，文理通顺，也很

有志气，但他全文只阐述了为当状元而当状元。当了状元考上北大、清华后，做什么？并没有下文，这是第一点不足之处；第二点，他按照他妈妈的要求，即便牺牲了身体健康，也要打拼所谓的人生起跑线，小小年纪眼睛高度近视，也在所不惜，用身体健康来换取高考状元，这是我们所不提倡的，再说重一点，是我们坚决反对并必须加以改正的。综上所述，我只给他的作文勉强批了一个'良'字。"全班同学鼓掌，对刘老师有理有据的分析和公正评分表示赞成，荣光荣同学又给刘老师彬彬有礼地鞠了一个躬才坐下，为没受到老师大力赞赏反受指责，面露失望之色。

刘老师请第三位同学金鑫朗读自己的作文，为了节省时间金鑫站起来张口便读："我是一名学困生，我已经很努力了，可就是跟不上同学们的步伐，究竟是什么原因呢？我怎么也想不通，可我爸想得很开，他说我压根就不是学习的料，这是他遗传基因造成的。说起我爸也算是个传奇人物，我爸从小学到初中，九年的课程他总计上了十五年，毕业考试依然不及格，所以他的履历表上的学历一栏填写的还是初中肄业。但是，这并没有影响他创业的干劲，经过十几年的打拼，他现在已经是种粮大户、全市的创业成功人士，还当上了市政协委员。受我爸的影响，我也一直在暗中阅读自主创业成功人士的事迹，决定在我18岁成年之后，就不再上学了，走我爸的老路，提前到社会上去闯一闯。我爸同意并支持我的想法，他已经把市郊区东沙河旁边的几千亩盐碱地承包了下来，进行深翻，用黏土把盐碱压下去，种上了一种叫田菁的草本植物，把那几千亩盐碱地改造成了良田。他对我说这几千亩改造好的良田就交给儿子我来管理。爸爸的信任，对我是极大的鼓舞。从此，我便有了自己的梦想，就是当一名果树培植能手，在那几千亩河滩地上栽种最优品种的果树。比如桃树、杏树、梨树、苹果树、樱桃树、香椿树、核桃树，等等，凡在我们北方适合生长的果树，我都要种上，造一处花果飘香的十里果木林场，既能赚大钱，又能改造自然环境。到那时，我热烈欢迎全班同学都来我的大果园里做客和采摘，我还要聘请刘老师做金鑫果木林场的名誉场长……"

朗诵到这里，已经有几位同学在为金鑫鼓掌叫好了，但也有不少同学说金鑫这是自暴自弃，还有的说他人如

其名，满脑子都是金钱。这时候刘老师说话了："寸有所长，尺有所短，人各有志，术有专攻。金鑫同学今天能把心中的真实想法勇敢地写进作文里，值得肯定，他宏大而又切合实际的果木林场计划，也值得我们鼓励和期待。但是我要真诚地提醒金鑫同学一点，要对文化基础课不抛弃不放弃，只有把文化基础打结实了，你的宏大计划才能更加顺利地得以实现，在这条路上也才能走得更远。"

刘老师说到这里在黑板左右两侧写下了两个单字："肄"和"肄"，并让金鑫同学再说一次他爸是什么学历什么业？金鑫说初中学历"肄业"。刘老师又问其他同学，金鑫读的是否正确？荣光荣说："他读的不正确，应该是刘老师写的右边那个'肄'字。""很好。"刘老师肯定荣光荣的回答，"这两个字看似很像，其实左边的肆是大写的四字，读音是（sì），右边的那个字肄，读（yì），是学习，练习的意思。金鑫同学学习成绩上不去的原因之一就是不求甚解大而化之，班上所有同学都要记住不求甚解的这个深刻教训。"金鑫吐了吐舌头，自言自语道：刘老师真厉害，这一点小毛病都没逃过她的眼睛。

一堂课很快又结束了，下课铃声响起，全班同学都站立起来，在班长高胜的引领下，齐声朗诵刘老师为全班提出的奋进口号："读书立德、读书明理，快乐玩耍、健康成长。艳丽的红领巾，时刻准备着！"五（2）班教室里传出的整齐、响亮、奋进的口号，在教室内外久久地回响着。

经过两个课时的阅读与讲评，摸底作文基本上结束了，但是刘老师心里仍然像压了一块石头，因为还有一位叫吴若若的同学的作文没有讲述。吴若若同学的作文只有短短的几十个字，大意是他没有梦想不想再上学了，每天只想把自己关在家里，不出门不见人……

吴若若小小年纪，为什么会有如此严重的厌学情绪呢？她必须尽快弄清楚其中的原委，于是刘老师决定，明天就到吴若若家去做家访。

05

吴若若受欺凌

周六上午九时许，刘丽丽专程来到吴若若家中进行家访。吴若若的妈妈热情接待了刘老师，而刘老师并没问出个所以然。吴妈妈说："没发现孩子有什么异常，只是说早点吃不饱，需要多带一些钱。"刘老师说："要是这样，吴若若的早餐应该吃得很好，可为什么总是无精打采呢？"吴妈妈说："没发现孩子有什么异常。"

家访无果，刘老师还是不放心，又绕道到赵强、王华、黄君三人所住的小区，要求他们暗中多关注吴若若的举动。

周一早晨，学校要举行升国旗仪式，所以小强、小华和小胖都比平时到校早了一些。快到校门口时，他们发现走在前边不远的本班同学吴若若没有进校门，而是跨过马路，往对面一座烂尾楼走去。小华心细，对小强和小胖说："前几天，刘老师拜托我们多关注吴若若有什么异常举止，我们要把刘老师的嘱咐放在心上，这不是我们第一次看到吴若若这么做了，他为什么会有这个习惯呢？"小胖历来是说话少加思索，脱口而出："臭毛病呗，他肯定是到那个破楼里解手去了。"小强摇了摇头说："不一定，我觉得吴若若可能有什么隐情。今天时间还早，我想悄悄地跟过去看他究竟要干什么？"小胖说："我看行，我和小强一起去。"小华说："好吧！你们别误了升旗仪式啊！"

转眼间，吴若若已走进了烂尾楼，与此同时，从破楼里边又走出来几个小强、小胖都面熟却叫不上名字来的本校其他年级的同学，身板都比较弱小，脸上都是阴郁的表情。小强和小胖顺着墙根，轻手轻脚地挪到烂尾楼的一个破墙洞前，从洞口往里细瞧，发现吴若若正在给守在那里的本校六（3）班的胡大全递钱。胡大全身材魁梧，是全校出了名的学习成绩差、好打架斗殴的学生。他把自己名字的"全"字改成"拳"字，并说，如

今这年头，拳头硬就是爷。所以，有不少害怕挨揍的身

材弱小的同学都叫他"胡爷"。

吴若若受欺凌

小强他们看到"胡爷"用拳头敲了两下吴若若的头，

厉声问："怎么只有50元？不是说好这周交100元的

吗？"吴若若辩解道："我妈说，每天10元早点钱已经

不少了，上周我连一口早点都没吃，只有这么多，请胡

爷容我再想想办法。"胡爷又用力戳了戳吴若若的额头

说："你是猪脑子吗？你不会偷偷地多拿一些吗？"吴

若若唯唯诺诺："我怕妈妈发现。""怕你妈妈发现？你就不怕我打断你的一条腿？快走，要不迟到了。"胡大全边说边搂着吴若若瘦小的肩膀，假装亲热的样子，急急忙忙从破楼里走出来往学校跑去。

胡大全并不知道，他欺凌同学的恶行已被小强他们发现。小胖气哼哼地问小强："凭我的封门、掏胸和扫堂腿这三板斧突然袭击，完全能够制服胡大全，你为什么阻止我动手？你是不是被胡大全吓住了？"小强说："不是我怕他，是我们不能这样做，打架不仅违反校规，而且也不能解决问题。"小胖又问："那该怎么办？"小强说："快走，不然真要误了升旗仪式了。等放学后，我们和小华商量商量再做决定。"

放学途中，小强、小华和小胖十分严肃认真地商讨，出现了两种意见：小强主张向班主任刘丽丽老师汇报此事，小胖的意见是找两个亲友神不知鬼不觉狠狠地教训教训胡大全。理由是，如果胡大全知道了是我们打的小报告，他会找其他同伙报复我们。小华同意小强的意见，她补充说："首先，这是刘老师交给我们的任务，我们不能擅自行动，必须向刘老师汇报。另外，我在爸

爸订的《公安战线》上看到，公安部最近发了一个公文，是有关专项治理校园欺凌的通知。公文里说，校园欺凌不是个别现象，相当普遍，全国各地许多中小学校都时有发生，其根源是社会黑恶势力的魔爪已经伸到校园内部，物色代理人，再由代理人找体弱胆小的同学，以收保护费为名，大量敛财。我们只是以武力教训一顿胡大全不能从根本上解决问题。"小胖说："好吧，小华说得头头是道，二比一，我少数服从多数。"当天下午放学后，小强他们三人把发现的校园欺凌现象，如实报告给刘老师。刘老师听后自言自语地说："真是一位粗心的妈妈啊！"她认为这个问题很严重，当即把这个问题向学校领导作了汇报。问题不过夜，校领导又请来了警校联防的片警洪警官，仔细研究了根除校园欺凌的有效方案。

洪警官说："对社会黑恶势力伸向校园的魔爪，我们已经掌握了基本情况，有的中小学黑恶势力的代理人人数多且由于没有及时发现，导致多名同学长期受到欺凌。咱们红军路小学，由于发现得早，情况不算太严重。目前，只有胡大全一个人在向十余名小学生收取少则几十元，多则百元的保护费。尽管人数少但也严重影响了受欺凌同学的身心健康和学习成绩，严重破坏了校园的宁静与安全。近日，我市扫除黑恶势力的专项斗争就要收网，我们要一举铲除校园欺凌的根源，还学校一片安全和欢乐的学习环境。"

三天后，市电视台新闻节目，果然报道了一条令人非常惊讶又十分兴奋的消息，市公安局铲除了一个伸向校园的黑恶势力，处罚和挽救了全市近几十名黑恶势力在校园内的代理人，保护了数百名直接受害的同学。

周末，红军路小学召开了全校师生大会，还邀请了有关的学生家长参加。大会上，洪警官汇报了铲除校园欺凌和黑恶势力的具体情况，校长在大会上提出了四点希望与要求："一是大力表彰刘老师体察入微，关心本班每位同学的身心健康；大力表彰赵强、王华、黄君三位同学的正义感和聪明智慧，邪不压正，赵强等三位同学不要怕报复，有校方和人民公安为你们撑腰。二是全力安抚受欺凌的 13 位同学。三是希望老师和家长要更加细心观察同学们的精神状态，及时发现问题，把校园欺凌剿灭在萌芽状态。四是由我代表校领导班子向受欺凌的同学及其家长表示深切诚挚的道歉。"最后，校长

宣布了对胡大全的处理意见："首先，对待胡大全同学所犯的严重错误，要进行严厉批评与教育；其次，希望大家不要歧视他，要多帮助他；第三，校方责令他每周向洪警官汇报一次思想，其家长要向13名受到欺凌的同学道歉，没收他尚未上交给黑恶势力的所谓保护费，退还给其他受害同学；第四，坚决执行警方的处理决定，督促胡大全家长也就是他的监护人，对受欺凌的13名同学给予一定数额的精神赔偿金。"

散会后，全校一片欢腾，争相称赞刘老师爱护学生，争相称赞赵强、王华、黄君三位同学英勇无畏。小强、小华和小胖却说这都是刘老师教育的结果，也是他们应该做的，只是有点迟钝，发现晚了，让吴若若等同学吃了不少苦，受了不少委屈。

之后的日子，小强、小华和小胖的行为更是令人称赞。学校里基本上没人搭理胡大全，可小强、小华、小胖但凡碰到胡大全，每次都会主动和胡大全打招呼。小胖还对他说："下次校运会，你要加油啊！一定要在摔跤项目上进入决赛，这样我就有机会和你一决高低了。"虽是十分平常的搭讪，也已足够令胡大全感动的了。因为现在他是人见人嫌，只有小强他们三人把他当做朋友，所以他一点也不怀恨小强三人检举他的行为。相反，他从内心万分感激小强三人，并认定他们确确实实挽救了自己。对受欺凌的吴若若，小强三人更是关怀备至，有时早上小胖还从他妈妈的小吃店里多拿两个包子或者一个茶叶蛋、一袋豆浆给吴若若吃。为此吴若若同学深受感动，主动叫黄君一声"胖哥"。从此以后，小胖又多了一个"胖哥"的诨名。每当有人叫他"胖哥"时，小胖总是十分自豪，拍着胸脯说："不客气，今后有谁再敢欺负你们，尽管找我，有我胖哥给你们做主。"小强、小华则开他的玩笑说："说你胖，你还喘上了，还是少吃点，快减肥吧！什么时候把'胖哥'的诨名改为'瘦哥'就好了。"

06

让座遇到个无赖

吴若若同学受欺凌的问题彻底解决后，刘老师的心情轻松了许多，但是总在"状元梦"里醒不过来的荣光荣的身心健康，仍然让她十分牵挂，她决定本周六去荣光荣家进行家访。出乎意料，荣光荣的妈妈提前主动来找刘老师了。这位满腹怨气的中年妇女见到刘老师劈头盖脸地就是一通质问："我儿子的作文哪儿不好？有抱负有孝心，你不予肯定，反而给那个开小吃店的儿子作文评了优。那个只知道吃的吃货平时考试成绩总是落在大家后面，有什么资格评优？说什么设计三个小机器人，他家有那个条件吗？那个小胖子有那个头脑吗？……刘丽丽，你太不公平了，我儿子立志做高考状元，你不鼓励反而打压他，你是何居心？"刘老师耐心听着，不生气，不着急，等对方发泄完后，刘老师为她倒了一杯水，请其坐下，听听自己的意见。刘老师说："荣光荣的近视已高达 500 多度，你一定知道吧。他每天晚上做你为他买的各种练习题，要做到晚上十一点才能睡觉，致使孩子睡眠严重不足。长期如此，荣光荣的身心健康势必会受到影响，作为母亲你就一点儿不为孩子的身体健康担心吗？"荣光荣妈妈对刘老师的话充耳不闻，继续高声大语："我的孩子我不担心，难道让你担心吗？你这个老师好赖不分根本不配当班主任，我已经给你们校教导主任贾雪梅说了，请求把我孩子调离五（2）班，免得他在你这里再次受打压，挫伤积极性，输在起跑线上，让我儿子的高考状元泡汤。贾主任已经答应我的请求，我没空和你再费口舌了，因为你不可理喻……我是来给我儿子办理转班手续的，再见！"

刘丽丽无可奈何地轻轻摇了摇头说："你请便吧，我尊重你的意见，也服从校领导的决定，只是请你一定要多关心荣光荣的身心健康，否则孩子的前程会被你毁掉的！"

荣光荣的妈妈没有理睬刘老师，讥讽地说："谢谢刘大班主任，祝你只带孩子玩的教改新规早日实现！"她边说边背起荣光荣沉重的书包，拉着孩子到五（1）班上课去了。

因有了贾雪梅主任的恣意和支持，刘老师也无可奈何，看着荣光荣离去的背影她无比惋惜地叹了口气。

荣光荣转到五（1）班后，五（2）班就剩下了49名同学，五（1）班则变成了51名同学，这不符合红军路小学每班50名学生的固有编制。"聪明绝顶"的五（1）班班主任华贵老师趁机把她班上一个不管是大考小考总是倒数第一的外号叫"发动机"的同学对调到五（2）班。"发动机"本人和家长也都十分乐意，可五（2）班的高胜等几个知情的同学坚决反对，理由是"发动机"同学在五（1）班还有一个外号叫"拖拉机"，必然会拖五（2）班的后腿，而刘老师却不以为然，愉快地欢迎"发动机"同学来五（2）班就读。

荣光荣转到五（1）班的当天，校方转来了市公交公司的一封表扬信，表扬五（2）班赵强、王华、黄君三位同学在公交车上为老人让座，助人为乐的好品行。

这究竟是怎么回事呢？赵强、王华、黄君三人向刘老师讲述了让座风波的前后经过：

昨天放学后，小强、小华和小胖结伴回家，他们乘坐8路公交车。小强和小华走在前面，提前到达8路车站牌下候车，黄君因为胖，加上磨磨蹭蹭走在后面，离8路车站牌还有二三十米距离。小华眼尖，首先看到8路公交车快速地开过来了，赶紧和小强一道大声呼叫小胖："黄君快跑，8路来了——黄君快跑，8路来了——"小胖听到同伴的大声呼喊，拔腿便往8路站牌奔跑，但由于体重超标，跑步的动作既吃力又滑稽，加上小华、小强的有趣呼喊，引起一同候车的乘客哈哈大笑。

8路车上的乘客不算太多，但也没多少空座位，待老幼病残孕等乘客坐定后，只剩下一个空座。小强和小胖不无风趣地对小华说："女士优先，小华同学请坐！"小华也不客气，大大方方地坐下了。

公交车正常行驶，有上有下，但下车的少上车的多，乘客越来越多，车上开始有些拥挤。到了第三站，上来一位老爷爷，小华主动站起来给老爷爷让座，正当小强和小胖搀扶老爷爷入座时，小华让出的座位却被一个小

让座遇到个无赖

伙子抢先坐了上去，他还顺手把自己的女朋友拉到自己的腿上坐定。小华和小胖很生气，正要理论，特别是小胖喝令那个抢座位的小伙子起来，小强见状用手势止住了两位同伴发火，并让他们左右扶住老爷爷。然后，小强给抢座位的小伙子和其女朋友敬了一个标准的少先队队礼，请他们把座位让给老爷爷，那个小伙子不但无动于衷，还讥讽小强说："怎么，还想当活雷锋吗？有能耐，弄辆小轿车让你爷爷坐得更舒服岂不更好？"见那个小伙如此无礼，小强强压住心中的怒火，又敬了第二个队礼，说："请这位大哥哥还是快点起来好。"那个抢座位的小伙子继续耍贫嘴："我猜想，你和你的同伴数学成绩肯定很差，不然的话，为什么算不明白，一个座位两个人坐比一个人坐效率提高了一倍的简单数学题呢？"小强、小华和小胖更加生气了，小胖说："我见过耍无赖的，还没见过你这样耍无赖的！"那个小伙子拿出一副地痞无赖的丑陋嘴脸对小胖说："小胖子，你竟敢出口骂人，但我不能和你们小孩一般见识。我已识破了你这是激将法，我吃葱吃蒜外带吃辣椒就是不吃'姜'，我们就是不起来，你们能奈我何？"小强让小胖集中精力扶好老爷爷，又给那个小伙子行了第三个队礼，并说："我们的数学成绩如何，我们自己和数学老师知道。我也想出道数学题考考你，我询问过了，这位老爷爷今年80岁。请问你和你的女朋友两个人的年龄加起来是多少岁？

　　耍无赖的小伙子被小强问得哑口无言，此时他的女

朋友有点坐不住了，要从他的腿上起来，但小伙子拉住她不让，并低头假装看手机，不再搭理小强他们了。此时此刻，从车厢后面走过来一位身强力壮的成年人，对耍无赖的小伙子愤怒地说："我数一、二、三，当我数到三时如果你们还不起来，后果自负！"耍无赖的小伙子抬头看见一个人高马大的成年人站在面前，并向他发出最后通牒，心中不由自主地有些发怵，但他还是硬着头皮说硬话："怎么着？你还想动手打人？我警告你，打人犯法！"成年人回答："你连做人的基本道德和公共秩序都不懂，还配说什么法！"之后，不等小伙子回话，成年人便数："一——二——三！"数到"三"时，小伙子女朋友见势不妙，挣脱男朋友的手主动站起来，可那男的还是赖着不动。说时迟那时快，成年人伸出强有力的臂膀一用力便把他从座位上扯了起来，往过道里一搡，那个抢座位的无赖小伙子摔了个屁股蹾……全车厢的乘客都鼓掌叫好，并齐声谴责那个无赖小伙子。小伙子被他女朋友扶起来，灰溜溜地下车走了。

在小华和小胖的搀扶下，老爷爷入座。落座后老爷爷连声感谢小强、小华、小胖三位少先队员和那位见义

勇为的成年人。公交车司机和全体乘客也都纷纷为他们点赞，并说，如今就是有极少数无礼的年轻人给社会添乱，还不如八九岁的孩子懂事！

……

刘老师听后在全班同学面前表扬了赵强、王华和黄君三位同学，并希望全班同学向他们三人学习，做一个尊老爱幼、明事理的好孩子。

小强、小华和小胖的"让座风波"，少许冲淡了刘老师因荣光荣转走引起的不悦心情，也少许缓解了班里因荣光荣转走的风波引起的莫名压抑的气氛。

07

敬老院里乐翻天

农历九月初九，又是一年一度的中华民族传统节日重阳节，也称敬老节。按照学校惯例每年都要去附近的敬老院开展一次慈善活动，帮助爷爷奶奶们洗衣服、做午餐、剪指甲、洗头发、洗脚等，一方面让孩子们从小就要养成尊老、敬老的优秀品德；另一方面，敬老院的爷爷奶奶们看到孩子们的到来也会格外高兴。每年一到这个日子，爷爷奶奶们就盼望着孩子们的到来，像过盛大节日似的。

敬老节前几日，刘丽丽老师就开始琢磨，每年能给敬老院的老人们做的除了洗衣服、剪指甲就是洗头、洗脚等，这些虽然也是老人们需要的，但敬老院的护工每天也都在做，老人们对此也没有什么新鲜感了。前段时间刘老师在某网站上看到过针对此类问题的报道，敬老节的当天，几位老人光手指甲就有几波小学生轮番来剪，弄得老人们哭笑不得，他们对记者说："脚可以多洗几次，可手指甲、脚指甲不能老剪，会剪到肉的。"原本好好的敬老行为竟闹成了笑话。刘丽丽老师陷入了深深的思考，怎样才能为老人们做一些既有实际意义又有新鲜感的事呢？刘老师想集思广益，于是在下午放学前的最后一节课时对全班同学说："再过几天就是重阳节，也就是敬老节，我想今年咱们班的助老活动要有所创新，不要再和以前一样为老人们洗脚、剪指甲，重复过去的老模式，要想办法给敬老院的爷爷奶奶们准备一份新颖的礼物！当然，这个礼物，可以一个人单独敬献，也可以多人共同敬献。"

　　放学后，小强、小华和小胖没有回家，而是用电话手表跟各自家长说明原因，并很快做完当天的家庭作业，便在学校操场上一起商量刘老师交办的特殊礼物。小强首先说道："看来今年的敬老节我们光给敬老院的爷爷奶奶剪指甲、洗脚是不行了，必须拿出点与往年不同的

东西。"话音未落，小胖就抢着说："用压岁钱给爷爷奶奶们买好吃的怎么样？"听了小胖的话，小华扑哧一声笑出了声，小胖好奇地看着小华，问道："王华，你笑什么？"小华收住笑容对小胖说："我终于知道你为什么长这么胖了，原来你就知道吃，简直就是一个吃货！"小强听小华这么一说，也哈哈大笑起来，小胖不高兴了，生气地说道："你们俩合伙欺负人，歧视人，我走了，不跟你们玩了。"看到小胖真有点生气了，小华赶紧说道："对不起，刚才是跟你开玩笑的，谁当真谁是小狗。"小华边说边抓住小胖的手左右摇晃了几下，小胖不好意思地憨声说道："我才不当真呢！"这时，小强说道："你们俩别闹了，赶紧说正事吧！"小胖不服气地说道："赵强同学，我刚才说的给爷爷奶奶们买好吃的不是正事吗？"小华接过话茬说道："黄君同学，你刚才说的是正事，给爷爷奶奶们买好吃的不是不可以，但要看买什么更合适更有新意。"小胖说："那你理解的新颖礼物是什么？"小华回答说："剪指甲、洗脚和买东西既然都是往年的老套路，刘老师也否定了这种方式，我觉得今年我们是不是可以为爷爷奶奶们表演一个有意思的节目，让他们看着节目高高兴兴地度过敬老节。"
此时，小强肯定地点点头说："王华同学和我想到一块
去了。"小胖接着小强的话说："可是，我们表演什么节
目呢？"小华说："我练过舞蹈，可以为老人们跳舞！"
小胖不服气地说："那我可以为老人们表演双节棍！哎！
对了，赵强你可以唱周杰伦的双节棍歌配合我！"小强
笑着说："算了吧，爷爷奶奶们不喜欢流行歌曲，再说了，
你那两下子，我还怕你把双节棍扔出去砸到爷爷奶奶们
呢！"说到这里，三个小伙伴又哈哈大笑起来。小胖一
拍大腿似乎想起了什么，说道："对了，刘老师不是说
了吗，礼物可以一个人敬献，也可以多人共同敬献，我
们三个人来一个'胖华强'组合怎么样？"小强说："正
合我意，由咱们三个人共同表演一个节目，节目从形式
到内容要幽默、搞笑、逗乐！下面我们都想一想出什么
节目好呢？"小华频频点头说："想法不错！"小强说：
"那我们就重点研究咱们三个人的合演节目吧！"小胖
说："咱们'胖华强'组合一起朗读一首叙事诗怎么样？"
小华摇了摇头说："没创意！"小胖又说："那就说快板！"
小华仍然摇头说："不搞笑！"小胖接着说："那就一起

说段群口相声，总能逗乐了吧！"小华仍然摇头说："时间太短，现编现演来不及！"这下小胖急了，红着脸说："哎，我说王华同学，你这也不行，那也不行，那你说什么行？"小华故作神秘地说道："我已经想好了，这个节目爷爷奶奶们肯定喜欢，但就是得需要买道具和抽时间排练！"小胖急切地说："王华同学，你就别卖关子了，快说吧，天都快黑了，一会儿我爸妈该着急了，回去晚了要挨揍的！"小强也说："王华，快说来听听！"小华看了看小胖，又看了看小强，说："咱们演一个猪八戒背媳妇怎么样？"小强恍然大悟地回应说："太妙了！胖黄君演猪八戒，王华你演高小姐，我来演孙悟空，绝妙的组合！"小胖一听让自己演猪八戒，刚要生气，但又突然问道："王华演高小姐，确定吗？"小强说："必须的！"只见小胖高兴地说："那我可以背着王华啦！"小强又说："必须的！"小胖笑嘻嘻地说："那我演、我演！"在一旁的小华涨红着脸说："看把你美的，到时候看我怎么收拾你！"节目终于确定了，三个"红领巾"露出了得意的笑容。

节目确定后，小强、小华和小胖利用课余时间，抓

紧排练。他们拿出了各自的压岁钱，来到小商品市场购
置了孙悟空用的金箍棒、猪八戒用的钉耙和各自的面具
等，一应俱全。为了节目效果和保密，放学后他们特意
在小胖家小吃店后面的空地上排练，以免泄密。在排练
过程中三个"红领巾"闹了多少笑话，出了多少洋相，
就不得而知了。

转眼间，就到了重阳节，红军路小学抽调了部分班
级到不同的敬老院开展敬老活动，刘丽丽老师的五（2）
班，被分到了离红军路最近的"红军敬老院"去陪爷爷
奶奶们过节。一大早，刘老师就让全班同学到教室集合，
在班长高胜的带领下，五（2）班的全体同学穿着整洁
的校服、佩戴着鲜艳的红领巾、排着整齐的队伍，秩序
井然地向敬老院走去。

敬老院的爷爷奶奶们似乎早就知道同学们要来，他
们便穿着新衣服早早地等在敬老院小花园的广场上，爷
爷奶奶们见到孩子们后，高兴得合不拢嘴。首先，由全
班同学集体向爷爷奶奶们敬少先队队礼，然后由班长高
胜、中队长赵强、小队长王华及黄君等人代表全班同学
向每一位爷爷、奶奶敬献了一盒鲜奶，当然，全班每位

同学也都有一盒。这 100 多盒鲜奶是刘老师自掏腰包购买的。送上鲜奶后，刘丽丽老师祝敬老院的老人们节日快乐！并向老人们宣布："今天，我们五（2）班的全体同学，就不给爷爷奶奶们剪指甲和洗脚了，只带来了两个小节目，请爷爷奶奶们批评指正！"会是什么节目呢？老人们都在猜测。

　　活动由班长高胜主持，他说："爷爷奶奶们，听好了，现在我宣布第一个节目——传口令，由我给前排第一位老人附耳说一个口令，然后由这位老人再悄声传给第二位老人，直到在场的五十几位老人传完之后，由最后一位老人大声念出口令的内容，看与我说的是否相符。"说完后，高胜问各位爷爷奶奶，听明白这个游戏的玩法了吗？老人们异口同声地说："明白了！这是在考我们听力呢！"于是高胜对前排的第一位老奶奶耳语了一句，老奶奶点点头，迅速把口令耳语传给了第二位老人……就这样五十几位老人很快便传完了，最后一位被称为长眉老寿星的爷爷站起来，高声说："这个口令是——舅舅好养！"老人们迫不及待地问高胜是否正确？高胜笑着说："内容相差十万八千里，但是音似，我说的是九九重阳。"老人们听完后，一个个都乐坏了。班长高胜说："重阳节是我国的传统节日，在民俗观念中，'九'乃数字中最大，有长久长寿的寓意，寄托着人们对老人健康长寿的祝福。今天，我代表五（2）班全体同学祝爷爷奶奶们健康长寿。"话音刚落，就引来了一片掌声和喝彩声。

接下来，高胜又宣布了第二个节目："猪八戒背媳妇！"话音未落，只见齐天大圣孙悟空手提金箍棒，翻着跟头神气上场，爷爷奶奶们感到好奇，不是猪八戒背媳妇吗？怎么来了个孙猴子？孙猴子来到爷爷奶奶面前先鞠一躬，说道："爷爷奶奶们，今天是你们的盛大节日，齐天大圣孙悟空、天蓬元帅猪八戒和她的花媳妇高老庄的高小姐给你们带来一个小节目，祝爷爷奶奶们节日快乐，健康长寿！"说着，黄君扮演的猪八戒戴着长鼻子大耳朵的面具装扮成新郎官拽着王华扮演的盖着大红盖头的新娘高小姐来到爷爷奶奶面前。小节目尚未开演，大耳朵、长鼻子、大腹便便的猪八戒已经逗得老人们哈哈大笑，盖着红盖头羞羞答答的高小姐勾起了老人们对年轻时光的回忆。当猪八戒和高小姐拜完天地，猪

敬老院里乐翻天

八戒正欲背起高小姐时，高小姐说道："慢，郎君，我有个条件！"猪八戒着急地说："娘子，什么条件我老猪都答应，你快说吧！"高小姐说道："这是你说的，不许反悔！"猪八戒说："真啰唆，男子汉大丈夫一言既出驷马难追！"高小姐说："那你把红盖头盖在你的头上，我才让你背。"猪八戒嘟囔道："别逗了，哪有新郎官盖红盖头的？"高小姐佯装生气地说："你刚才说啥都依我不反悔的，你若反悔，那你就自己回去吧！再说了，你长得这么丑，不盖起来，爷爷奶奶看见会笑话我，怎么找了这样一个丑八怪？"听到这里，猪八戒连声说："好好好，就依娘子的！"高小姐把自己的红盖头取下盖在了猪八戒的头上，高兴地说："这还差不多！郎君，那咱们回家！"说着，高小姐迅速躲在一旁，赵强扮演的孙悟空便代替高小姐跃到了猪八戒的背上，只见猪八戒累得气喘吁吁，大声呼叫："娘子今天咋这么重呢？"走着走着猪八戒累得趴在地上不动了，当他缓过劲来看到孙猴子正在向自己做鬼脸，才知道上了孙猴子的当了……小强、小华和小胖的节目让在场的老人和同学、老师们都乐翻了天。老人们笑得前仰后合，似乎

回到了年轻时代。在场的所有观众都对小强他们的逗乐节日礼物大加点赞。半天的时间很快过去了，同学们要回学校去了，老人们拉着孩子们的手依依不舍，有的老人还流下了热泪，同学们也久久不愿离去。

回到学校后，刘老师对本次活动进行了总结，她说："就本次活动，我总结三点，一是本次活动全体同学都表现得很好，有组织、有秩序、有礼貌、有收获；二是经过筛选，我们班较好地敬献了我交办的新颖礼物，尤其是赵强、王华和黄君同学，他们自编自演的'猪八戒背媳妇'，准备充分，演出到位，给爷爷奶奶们带来了欢笑、带来了快乐，也带来了回忆，值得表扬；三是尊老爱幼自古以来就是我们中华民族的传统美德，古人尚且讲百善孝为先，作为新时代的好少年，我们不但要传承中华民族的传统美德，更要把这些传统美德发扬光大。"

听了刘老师的总结，同学们和往常的反应不同，没有掌声，教室里一片寂静。为什么呢？也许孩子们都想起了各自的爷爷奶奶吧！能把孩子的内心揣摩透彻的刘老师宣布，当天下午放假半天，让同学们回家陪自己的爷爷奶奶、姥姥姥爷一起过重阳节。

在回家途中，小强、小华见小胖闷闷不乐，便知道小胖想起了远在数百里之外的苏北老家的爷爷，正要安慰小胖时，小胖忽然又转悲为喜了，说："你们两个不用担心我，晚上我会和爸爸妈妈一道用视频给爷爷奶奶、姥姥姥爷送上重阳节的祝福。"在和小胖分开后，小华对小强说："小胖真的越来越懂事了。"

08

校运动会大比拼

刘老师担任五（2）班班主任，不知不觉间已经一个多月过去了。十月上旬，秋高气爽，气温适中，为了增强少年的体质和提高他们热爱体育运动的兴趣，每年这个时候，和全市大多数中小学校一样，红军路小学也如期举办了一年一度的秋季运动会。

第一天是个人比赛项目。小强身体灵巧，四肢协调，在男生 100 米和 400 米短跑项目中拿了两个冠军，被誉为红军路小学的"小飞人"。小华的强项是跳绳，在跳绳比赛中，以每分钟跳 140 下，夺得了全校女子组跳绳比赛冠军。

小胖身强体壮，在速度项目上没有优势，但在以力量为主的运动项目上还是有望夺冠的。可是在铅球投掷项目上小胖缺乏系统科学的训练，投掷不得要领，结果没有拿到名次；但在自由式摔跤项目的预赛过程中，他一路过关斩将，闯进了决赛，令他没有想到的是，决赛对手竟然是身单力薄的六（2）班伍连胜同学。小胖心中一阵窃喜，他想，这个摔跤冠军他是拿定了。小胖轻敌了，表面看伍连胜身单力薄，其实他很有功底，这从他名字的来历就能略知一二。伍连胜的父母是老女排的铁杆粉丝，还在恋爱阶段他们二人就私下商定，将来有了孩子无论是男是女，都叫伍连胜。伍连胜同学平时注重体力和技巧相结合训练，能战胜诸多对手进入摔跤决赛绝不是偶然。决赛一共三个回合，三局两胜。随着裁判的一个手势一声哨响，第一回合开始。小胖先发制人，用他的胖身体"排山倒海"式地向伍连胜猛扑过去，谁知伍连胜来了个"四两拨千斤"，灵巧一闪，小胖不仅扑了个空，而且用力过猛，重力前倾。伍连胜乘机在他背上轻轻推了一把，小胖摔了个嘴啃地。裁判数了八个数，他依然没能爬起来，裁判宣布："第一回合伍连胜同学获胜，1比0！"第二回合开始之前，场外教练马

达老师给小胖耳语了几句,小胖频频点头。这一次小胖牢记上次的教训,来个稳扎稳打,他左转右转终于逮住了伍连胜的一个破绽,紧紧搂住对方,咬紧牙关一发力把伍连胜来了个"背口袋"重重地摔倒在草坪上,并把伍连胜的双肩死死按住触地,裁判见状立即宣布第二回合结果:"黄君同学胜,1 比 1 平!"此时,大家都把眼睛睁得大大的,看关键的第三回合谁胜谁负。伍连胜体轻灵巧自然还是想智取,可在马达老师的指导下小胖已有充分思想准备,并在心中默默告诫自己:牢记第一回合的教训,在力量上敌弱我强,一定要充分发挥自己的强项,后发制人;在灵巧上敌强我弱,一定要提防看你伍连胜还能耍什么鬼花样!说时迟那时快,随着裁判的一声哨响,伍连胜以迅雷不及掩耳之势,一头钻进了小胖两腿中间。行家都知道,这叫"黑狗钻裆"。观众都替小胖捏把汗,谁知小胖早有防范,顺势来个"磨盘压蛤蟆",没等伍连胜用力上顶,小胖的大屁股已经死死地压在他的身上。一百多斤的重量,再加上小胖发力,伍连胜哪里还动弹得了,只能在小胖的重压下,用手拍着地认输。裁判宣布最终结果:"黄君同学 2 比 1 取胜,荣获摔跤冠军！伍连胜同学屈居亚军！"裁判的宣判结果一落音,观众席上就响起一片热烈的掌声,都称赞:"这场摔跤比赛太精彩了！"如此一来,五（2）班又比六（2）班多拿了一块金牌,此消彼长,一块就相当于两块呀！

第二天是团体项目的比赛。头一项是花样集体跳绳,五（2）班以小华为领队的8名女生如一群蝴蝶般轻巧,轮番蹦跳飞舞,又像8只燕子一般左右来回灵巧穿梭,把在场的观众看得眼花缭乱,纷纷叫好。裁判一致裁定：五（2）班女生花样集体跳绳荣获冠军。第二个项目是五（2）班和六（2）班的拔河比赛。五（2）班班长高胜既富有经验,又具备指挥能力,站在绳子的最前端,让小胖这位"大力士"站在绳子末端作"定位神器",并让小华和另一位女同学挥旗,有节奏地高喊:"加油！加油！"三个回合下来,五（2）班2比1取胜,获得了拔河比赛冠军。

运动会的压轴项目是少年小足球决赛。决赛的两个队仍然是五（2）班和六（2）班,小胖被推举为五（2）班啦啦队队长,小华则以口齿伶俐,担当现场解说员。五（2）班的上场主力自然是一贯热爱小足球又以速度

著称的小强，小强担任前锋和场上队长，刘丽丽老师担任场外教练。小足球比赛上下半场各15分钟，运动量大，双方对抗激烈，所以全校大部分师生都到场观看。只见小强健步如飞，灵巧运球，左躲右闪，前接后传，俨然一个足球少年天才，两个半场下来，他三脚妙传，四脚射门，两个进球，发挥了绝对主力的作用。当然，守门员高胜也功不可没，它挡住了一个对方单刀赴会的必进之球，否则结果还很难预料呢！随着裁判吹响全场比赛结束的哨音，五（2）班以3比2战胜了六（2）班，获

校运动会大比拼

得了这次校运动会分量最重的一块金牌。

运动会结束后，体育老师马达，专门来到五（2）班，向刘丽丽老师和全班同学表示诚挚的祝贺。刘老师向马达老师表示衷心的感谢，感谢他不仅在体育课上，而且连平时也对五（2）班格外指导关照。眼尖的小华看出，刘老师和马老师相互祝贺和致谢过程中都有些不大自然，彼此的眼神中传递着隐秘的信息，她把这个发现悄悄告诉了小强和小胖，三个孩子互问：这是为什么呢？

马老师走后，班主任刘丽丽老师与五（2）班全体同学合影留念，她像搂着两个宝贝疙瘩一样，左右搂着赵强和黄君两个全班的"功臣"合影留念，留影时大家一起喊"茄子——"照相机留下了这个珍贵的瞬间。但是五（2）班的女生们"不高兴"了，一个个故意噘起小嘴，说刘老师"重男轻女"，说她们班以小华为首的女生也为五（2）班争得了集体荣誉，质问刘老师为什么不搂着小华等女生合影留念？刘老师虚心接受女生们的批评指正，赶紧搂过小华和全班的女生又单拍了一张合影。

合影结束后，刘老师给五（2）班全体同学讲话："我

们红军路小学各个年级的（2）班都是体育特色班，这次运动会都取得了优秀成绩。但是我们一定要牢记，我们热爱体育运动，不仅仅是为了获得金牌，最终目的是要强身健体，待将来长大了，能为我们中华民族的伟大复兴做出更大的贡献。大家说，对不对？"五（2）班全体同学齐声回答："对——"其中赵强、王华和黄君同学的声音最为响亮。

09

期中考试
考砸了

　　自刘丽丽在五（2）班实行大刀阔斧的教改后，短短的两个月时间，五（2）班喜事连连，从发现校园欺凌，到公交车司机的表扬信，再到校运动会的优异成绩，她那让人耳目一新的教学理念产生了一个又一个的可喜变化。正当大家充分肯定的时候，不知是乐极生悲，还是刘老师的"五点新规"有问题，她担任五（2）班班主任的第一个期中考试成绩出来之后，罩在五（2）班头顶的光环猛然间黯然失色。荣光荣转入不久的五（1）班的全班平均成绩由原来的居中一步提升到了年级前三名，而五（2）班的成绩却从原来的年级前列一下子跌入倒数行列。不过学习成绩下滑最厉害的是黄君，语文、

数学两门各得 66 分，英语不及格。荣光荣的转进转出，竟然把两个班的学习成绩拉开如此之大的距离，即便不是因为荣光荣的转出，这么一来荣光荣还是成了这其中不可忽略的因素。许多人都说：真不知道刘丽丽是怎么想的，大家公认的高考状元苗子，硬是被她打压走了，这倒让五（1）班捡了个大便宜。当然最得意的还是荣光荣的妈妈，她走到哪里都把头抬得高高的，连说话的调门也特别响亮硬气。

小华和小强保持正常水平，语文 90 分，英语和数学都是双百。拿到成绩单后，小胖不敢回家，小强和小华陪伴他来到小吃店。小胖的爸爸妈妈对小强、小华的优异学习成绩连连称赞后，小胖的爸爸问小胖考了多少分？小胖低头不语。他爸明知故问："也是双百？"小胖摇头不语。他爸又问："怎么也得两个 99 分吧？"小胖这才小声回答，"差不多，不过——要倒过来看。"小胖爸听儿子说考了两个 99 分，心情好了许多，连说 99 分也不少了，有什么张不开口的。他边说边把小胖的两张试卷倒过来看果然是 99 分，但他马上意识到自己上了儿子的当了，哪有倒过来看成绩的？所谓 99 分，再倒过来看不就是 66 分吗？这一下，小胖爸气坏了，说："你个坏小子，不仅考得分数少，还设法骗老子，你这个笨蛋，连小强、小华一半都不如，看我不揍死你！"

小胖妈不干了，一面制止丈夫打骂孩子，一面揭丈夫的老底："你上小学时的成绩还不如我儿子呢！净是零蛋，被你同学讥讽为'卖鸡蛋的专业户'，难怪你只能从农村来城里打工，好不容易才开个小吃店，天天卖茶叶蛋，让我们娘儿俩跟着你活受罪！再说了，君君每天吃完饭还要帮我们刷盘子洗碗，他能考两个 66 分，只有一门不及格，已经很不容易了，比你强多了！"说着说着，小胖妈心疼儿子哭出了声。

见状，小强和小华一面劝小胖妈不要难过，一面劝阻小胖爸不要动手，他们说："其实，黄君同学学习一直很努力，成绩不理想，一是因为头天晚上睡得比较晚，睡眠不足，第二天课堂上听课容易打盹。二是他的学习方法不对，靠死记硬背为主，在理解题意上有偏差。这第二点我们会帮助黄君尽快掌握正确的学习方法，至于第一点嘛，还希望叔叔阿姨能让他头天晚上少干点店里的活，保证他有充足的睡眠时间。"

期中考试考砸了

　　小胖爸妈听了小强、小华的话，觉得头头是道，句句在理，又大大夸奖了胖儿子的两个可爱同学，保证今后不再让小胖晚睡，并再三拜托小强、小华要对黄君多加帮助。

　　小强、小华和小胖从小吃店出来后，在他们居住小区的文化广场上边走边商量，小强对小胖说："你因体胖，上课打盹的毛病恐怕一时改不掉，我建议你随身带一个尖辣椒，想打盹时赶紧咬一口辣椒，大人常说芳香通窍，辣味醒脑，你可以试一试。"小华说："这是一个办法，但不能根本解决问题，重要的是小胖今后一定要把觉睡足，在课堂上认真听讲，课后有不懂的地方可以随时来问我们，我们相互学习。"小胖说："你们两个说得都很对，我一定尽快赶上你们，为刘老师的教改新规争口气。"

　　期中考试成绩出来后，校方召开了全体教职员工大会，由贾雪梅主持。首先，贾主任对五（1）班的显著进步给予了大力表扬，对五（1）班班主任和荣光荣同学给予了重点表扬。她还写一封题目叫《一位含辛茹苦的单亲妈妈，是如何把儿子培养成未来高考状元苗子的》的表扬信。贾主任的大作在校园互联网的屏幕上滚动播

出。会议的另一项议程是对五（2）班进行了严厉的批评，批评刘丽丽老师鼓励同学们爱玩、多玩的主张不科学、不可取。但是也有个别老师明确反对贾主任的意见。他们说："学校同意五（2）班可以试验，才刚刚过去两个月，看一次期中考试成绩就下结论，未免过于匆忙和草率。即使因为五（2）班分数下降，影响了绩效工资，我们也毫无怨言。"而刘老师在会议中自始至终一言未发，坦然处之。

在接下来的周五课外知识课上，刘老师请全班同学查摆五（2）班期中考试成绩大幅退步的原因。班长高胜首先发言，他说："责任不在刘老师，在我们全班同学自己身上。刘老师的'五点新规'不是大撒手，更不是放羊，是为我们减负，是为我们德智体美劳全面发展，不该只看学习成绩。可话又说回来，学习成绩上不去，说什么也是说不过去的，所以我们应该变老师要我学为我要学，变家长逼我学为我自觉学。不是常说在哪里跌倒就在哪里爬起来吗，我们一定要在期末考试拿出优异成绩，为五（2）班争光。还有黄君同学……"说到这里，刘老师用手势示意他坐下，让别的同学也说说自己的看法。如果不制止，高胜一定会像个"老干部"一样滔滔不绝地讲到下课。

接下来，小华发言："刘老师为我们减负一点没有错，我认为应该继续坚持，我同意高胜同学刚才说到的，我们要变老师要我学为我要学，变家长逼我学为我自觉学。但是还要注意学习方法，课堂集中精力听老师讲课，抓住老师讲的重点，课后再认真地梳理一遍，没听明白的地方可以请教老师，也可以向同学们询问。"小强发言说："我同意王华的意见，课堂集中全部精力听讲至关重要。大家可以把语文、数学、英语课本认真看一看，总共就那么一点知识，没必要把它们看成三座大山。只要课堂认真听懂了老师的讲解，课后该怎么玩还怎么玩。这就像拔河一样，期中考试这一局我们输了，下一局期末考试，我们一定要有信心转败为胜，把前一局扳回来！"课堂上，同学们纷纷争相发言，你一言他一语，对刘老师的减负改革没有人发出怨言。考试成绩最差的黄君终于等到了自己发言的机会："我拖了全班的后腿，没什么好说的，请刘老师和同学们看我的行动和期末考试成绩吧！不为别的，要为刘老师争光，我会努力加油的。"

待刘老师总结时，距离下课还有五分钟。她仍旧神采飞扬，一点儿也没有气馁，充分肯定同学们的发言，只强调把学习成绩搞上去，不是为她刘老师争光，也不光是为五（2）班争光，而是为自己争光，为自己的未来争光，为祖国争光。最后，她说："我们要毫不动摇地继续实行'五点新规'，把减负改革进行到底！"

谁也没料到，五（2）班这次期中考试成绩没有一滑到底，还多亏从五（1）班与荣光光对调来的"发动机"同学救了场。他的期中考试成绩比全班平均分还高出3分，否则，五（2）班就不只是落到年级倒数行列了，而是成了倒数第一。课后，刘老师找"发动机"同学谈心："你在五（1）班的考试成绩历来都是倒数第一，为什么到五（2）班后这么短的时间，考试成绩会提高得这么快呢？"'发动机'向刘老师道出了实情："我在五（1）班时常受到老师和全班同学的歧视，他们总是叫我'拖拉机'，觉得我又傻又笨。其实考试题并没有那么难，每次考试我都会故意做错几道题，就是想拖全班的后腿……到五（2）班后，刘老师不准任何同学歧视我，而且以身作则，把我和班上所有同学一样对待、一样爱护。我就在不故意做错的基础上又加了把劲，成绩就上来了……"刘老师听后十分感慨地说："别人歧视你是不对的，但你消极对待也是错误的。无论今后怎样，我们都要做一个健康向上的好孩子。""发动机"频频点头说："今后我一定听刘老师的教诲，做一个健康向上的好孩子。"几天后，刘老师又去"发动机"家进行了家访。"发动机"的爸妈表示一定全力配合刘老师，教育孩子要积极面对困难、快乐上学。

10

习子星
北斗星

小强是个小天文学迷。从七岁开始，他就爱拿着爷爷奶奶送给他的生日礼物——一个倍数较大的天文望远镜，对着无垠的天空观看。各种星座如北斗星、织女星、金牛星等他都能分得清楚，并能讲述这些星座的传说及故事。至于我们国家发射的人造卫星，从东方红一号到中国人造北斗通信卫星，从气象卫星到军用卫星，以及为外国发射的商业卫星，他都能如数家珍一般说得头头是道，并在一个专用的小本子上分类做了记录。爷爷奶奶、爸爸妈妈，以及亲戚朋友都说小强长大了肯定是一个大天文学家。小强却说："天文学只是我的业余爱好，我的志向是子承父业，当一名有仁爱之心的优秀医生。"

每当这时，小强的爷爷奶奶都会竖起大拇指，为自己的爱孙感到无比骄傲。

为了冲淡五（2）班期中考试成绩大后退带来的阴霾，也为了尽快改变好伙伴小胖垂头丧气的状态，三个小伙伴在做完家庭作业后，小强带着高倍望远镜，约上小华、小胖来到小区最高建筑物的楼顶，放飞心情。当他们坐在 32 层高楼楼顶，全市的风景尽收眼底，无垠的天空布满星星，一轮大大圆圆的月亮，从东方缓缓升起。此时，小强装作大人的口吻，老气横秋地说："请问两位小朋友，你们知道今天是何年何月何日吗？"小华脑子快，抢先回答："2018 年 10 月 23 日。"小强说："回答正确，那阴历，也叫农历，今天是何年何月何日呢？"小华一下子被问住了，小胖赶紧替小华打圆场："知道阳历就行了，还管它阴历干什么？"小强继续以大人的口吻"教诲"两位同窗："此言差矣！阴历也就是农历是我们中国祖先计算时日最早的天文科学的伟大发明，每月十五日月亮都是最圆的。请问，阳历每月十五日月亮都是圆的吗？"小胖摸了摸寸头有点开窍，憨厚地笑着说："嘿，小强这么一说，我才明白，还是我们中国祖先最聪明。"

小强说："那当然，我们中国的天文学知识早在几千年以前就非常发达。不过，这不是我们今天要讨论的话题，现在，我邀请你们两个同我一起遨游太空，认识几个星座，增加一点天文知识，不要再为期中考试落后愁眉苦脸。"小强边说边指着北斗星问两位小伙伴："你们知道北斗星的俗名叫什么吗？"小胖说："我知道，叫勺子星。可是你们知道为什么叫勺子星吗？"小强、小华故意说不知道并请胖"专家"赐教。小胖信以为真，指着北斗星说："你们看，前面那四颗打弯排列的像不像勺子头？"小强和小华赶紧回答："像。"小胖又说："后面那三颗一字排列的像不像勺子把？"小强、小华又说："太像了。"听完小胖的"赐教"，小强和小华同声表扬，说小胖知道的真多。小胖有点高兴了，说："这算什么？我们农村人都知道，而且还编了一个顺口溜，相互比拼大憋气呢！"小强问："怎么个比法，说来听听，我们三个也来比拼一下大憋气。"小胖更高兴了，一吐胸中因期中考试成绩不佳带来的不快。他唱道："大勺星，小勺星，一口气说七遍，到老腰不疼；大勺星，小勺星，一口气说七遍，到老腰不疼；大勺星，小勺星，一口气说七遍，到老腰不疼……"小胖只说了六遍，这口气就憋不住了，深深地吸了一大口气后说："不行了，不行了，我太胖数不到七遍。"接下来，小强和小华也像小胖那样，长长地憋了一口气，都相对轻松地连续说了七遍："大勺星，小勺星，一口气说七遍，到老腰不疼。"数完之后三个小伙伴手舞足蹈地哈哈大笑，小胖说："还是你们两个肺活量大，我太胖了，是纸老虎。"到这时候，小胖的不快心情彻底烟消云散了，他说："我真的衷心感谢小强的良苦用心！"

小强说："先别忙着说感谢，我还有问题要向二位请教，这是个我们每天都能看到的现象。请问，同一个太阳为什么早晨的大，到了中午就变小了呢？"小胖不假思索地随口回答："这个问题简单，早晨的太阳离我们地球近，中午的太阳离我们地球远呗！"小华在一旁微微一笑，暂不作答。小强又问："为什么早晨的太阳离我们地球近反而凉爽，中午太阳离我们地球远反而又炎热了呢？"小胖习惯地摸了摸寸头，一筹莫展地说："这我要认真想一想了……是不是早晨的太阳刚从冰冷的海水里升起来，还未晾干，所以就凉爽，到了中午晾

干了，自然就热起来了。"直到这时，小华才开口说："小胖，你犯了一个常识性错误，太阳是恒星，是固定不动的，它怎么会从地球的大海里升起来呢？"小胖猛然醒悟："对对对，我真成了幼儿园的小朋友了，小华同学，那你来回答小强的挑战可好？"

小华成竹在胸，又微微一笑说："这个问题我还真知道，是在我爸爸订阅的一份天文杂志上读到的。"

小胖迫不及待地催促小华道："快说呀，都快把我急坏了。"

小华慢条斯理地说："为什么早上的太阳大而气温低，中午的太阳小而气温高？有两点原因：一是早晨的太阳刚刚升起来，地球上有大山、高楼、大树等参照物，相比之下，太阳显得要大许多，这和一群小老鼠围在一头大象周围，大象就显得比自己更大是同一个道理。到了中午，日头当空，很空旷，没有任何参照物，所以太阳就显得要小一些。总之，大小问题，只是我们视觉上的误差，而太阳本身的大小是不变的。二是说到早晨气温低，是因为它照射地球的斜度比中午大，光能热能分散的面积大，再加上一个夜晚的降温，所以早晨人们感

勺子星北斗星

觉凉爽，而中午的阳光是直射，光能热能相对集中，所以人们就会感觉到中午的温度比早晨的高。"

小强主动和小华击掌，说："小华说得很有道理，既简练又清晰，给我和小胖上了一堂生动有趣的天文知识课。"

小胖说："你们两个都比我强得多。看来，除了课本上的知识，我还要向你们学习，多增加课外知识。否则，长大后，我就真的成了一个胖胖的大饭桶了。"

小华说："这就是刘丽丽老师每周末为我们开设一堂课外知识课的原因，这堂课不仅能拓宽我们的知识面，开阔我们的视野，还能活跃我们的思想。"

小强接着说："这是刘老师的高明之处，也是她的良苦用心，她曾不止一次说过，知识像大海大洋，像这无垠的星空无穷无尽，在我们学好基础知识的前提下，要努力拓宽我们的知识面。"

小华说："怎么样才能不断增长我们的知识呢？首先要有一个正确的方向，就如同小强让我们看的北斗星，它在黑暗中能给迷失方向的人指出正确的方位，北斗星如同一盏指路明灯。"

听小强、小华一唱一和地对话，小胖很投入，他突然插进一句话："刘老师就是我们五（2）班的北斗星！"小强和小华无声默认。

……

楼顶回荡着三个小科学迷阵阵天真无邪、欢快无比的笑声。

正当他们欢快地往回走时，两个不明动物"倏"的一声从小胖胯下飞跑过去，吓得小胖叫了一声："哎哟，妈呀，吓死我了！"之后便跌了一个屁股蹲儿。小华也惊吓地直往小强身后躲闪。小强镇静自若地说："这只是两只流浪猫，看把你们吓得！可能你们没太注意，咱们小区还有好多只流浪猫呢，经常在晚上出没在小区的各个角落，戏耍和捉老鼠。"小强边说边安慰小华别怕，又转过身来嘲笑小胖说："就你这怂样，还要当特种兵呢，两只流浪猫就把你吓瘫了，瞧你这点出息！"小胖回过神来说："谁怕了？只是太突然啦，我这是本能防卫嘛！"小华说："小胖，你还嘴硬，本能反应才更真实呢！"在嬉戏打闹中，三个小伙伴朝家走去……

11

爱心
捐献箱

已经进入秋季了，冀庄市管辖的某山区县还是遇到了强对流天气，大风、雷电、大雨、暴雨接连不断，致使山体滑坡，发生了泥石流灾害，冲毁了一个村庄和一所小学校，造成人员的重大伤亡和财产的重大损失。

听到这个消息后，小强等三人首先想到了灾区的小朋友，纷纷拿出了自己的压岁钱捐给灾区。小强、小华每人捐款300元，小胖也要捐出300元，小胖爸妈听到这个数字，嘴上没说什么，可面上明显有些为难。小强、小华看出来了，便对小胖说："做事要量力而行，不要和别人强行攀比，你的压岁钱不多，我们建议你捐100元，这样已经不少了，心意才是最重要的。"小胖妈听了小强、小华的话，认为很有道理，劝说胖儿子最多捐100元，并说："我们家的收入和实际困难你不是不知道。"小胖当然知道，他说："好吧，就捐100元，不能再少了。不过，这样一来，我在班里就觉得比别人矮一截。爸妈你们是不知道，我们班里还有几个捐一两千元的，还听说六（2）班有一个房地产老板的儿子捐了一万元呢！"小胖妈说："咱们还是量力而行吧！如果在钱财上和他们比高低，那我们的日子就别过了……"说着说着，小胖妈的面上露出一副凄凉和痛楚的表情，小胖爸则面露一股愤愤不平之色。

看到这个场景，小华、小强心中也有些说不清楚的情愫，小华的脑子好使，她说："我舅舅是木匠，手艺可巧了，另外，我见叔叔阿姨家小吃店后面有一堆装修小吃店剩下的木板碎料。我提议，能不能用叔叔阿姨家这些碎料，请我舅舅帮助和指导，小胖、小强和我三人一起动手，打造一个爱心捐献箱，放在学校里，让爱心捐献活动便利化、长期化、规范化。这样一来，小胖的捐款爱心不但不比别人差，反而更显真切，爱心更浓。"对小华的这个创意，小强首先表态响应，可他说："这

要征求叔叔阿姨的意见，看他们家那堆剩木料是否还有别的用场。"小胖爸抢着说："没用没用，我正嫌这些碎料堆在那里碍眼，准备抽空把它们清理掉呢！"这下小胖高兴了，他说："如果我们动手做成一个爱心捐献箱，往学校里一放，连那些仗着老子有钱捐出上万元的人都能比下去！"

这时候，小华装着班主任刘丽丽老师的口气批评小胖说："黄君同学，你肯动脑又肯动手，做一些力所能及的好事，理应受到表扬。可是你总爱与他人不切实际地攀比，总想出风头，这种想法是非常不好的，是完全要不得的！"小华模仿刘丽丽老师的口气、表情和用语惟妙惟肖，惹得小强和小胖一阵大笑。

几天后的周末，小华的舅舅带着木工工具箱，用几根必要的箱架硬木料，以及

爱心捐献箱

小胖家小吃店剩余的碎木料，指导小强、小华和小胖做了一个宽 3 米、厚 0.5 米、高 1.5 米的大木箱。在制作过程中，凡是三个孩子能自己做的，小华舅舅就在一旁指导，尽量让他们自己动手。小强说："小华舅舅不仅教会了我们基础的木工手艺，更教会了我们凡事都要学会自己动手，不要什么事情都让大人包办，自己坐享其成。"小胖接着说："小强说得对，我们不做饭来张口、衣来伸手的懒孩子，我们要学会自己动脑、动手，长大后才能独立自主。"小华舅舅摸着小强、小胖的头，高兴地说："看来，这次手工劳作你们不仅收获了爱心捐献箱，还收获了不少热爱劳动和做人的道理。"

小华说："好了好了，你们都别高谈阔论了，我建议把这木箱再刷上一遍白漆，以防风吹日晒受损，再用红漆写上'爱心捐献箱'五个大字。到时候我们请小胖爸爸用三轮车把它送到学校去。"小华舅舅立即收住话头："还是华华说得对，活儿还没收尾呢，我们就在这里大发议论，快刷漆写字才是。"

小强和小华一致同意"爱心捐献箱"五个大红字由小胖来写，小胖推辞说他的字写得不好，让小华执笔，

因为小华的字最漂亮，还上过黑板报呢！小华说："这木箱用的木料主要是小胖家的，制作过程中的力气活又数小胖干得最多，所以这字必须由小胖来写。"小强也学刘丽丽老师的口气说："黄君同学，你又忘了，钱不在多少，爱心到了就好；字不在丑俊，意境到了就好。"小强学刘老师的腔调虽然没有小华那般神似，但把刘老师的思想表达得很明白。所以，小胖也就不再推辞，提笔在木箱正面写下"爱心捐献箱"五个童体大红字。

周一，老师和同学们看见教务处门前立着一个十分显眼的"爱心捐献箱"，纷纷议论是谁做的这件漂亮活，当大家得知是以小胖为首的小强、小华三人所为，都发自内心地佩服，纷纷为三位"红领巾"的聪明智慧和爱心行为点赞。当然刘丽丽老师在夸奖了全班同学爱心之前，也重点表扬了黄君三人的创意行为。但是，以贾雪梅主任为代表的部分教职员工对此不以为然，讥讽五（2）班的孩子们，在那个爱出风头的美女老师鼓动下，只会搞这些表面文章的花架子，学习成绩上不去，这些小花招再多也只是"宋江的军师无（吴）用"。

爱心捐献箱外表不仅美观大方，里面更为精致科学，宽窄、高低分出几个层，可以分类放置文具、图书和衣物。校方决定由教务处分派专人管理，每周收集整理一次，把师生捐献的各类物品，定期邮寄到老少边穷地区最需要的小学去。

12

流感
来势凶猛

　　一股寒流突然吹来，天气骤然变冷。随之而来的是一场流行性大感冒，来势凶猛，红军路小学和全市绝大多数小学过半数的孩子们都被传染上了，小强和小华也没能躲过这场不请自来的疾病。市教育局下发紧急通知，全市小学和幼儿园放假一周，卫生局也下发文件要求全市所有医院全员上岗，加班加点为孩子们进行治疗。

　　小强爸爸妈妈所在的三甲医院担子最重，因为来这里就医的病人本来就多，现在又猛然增加了近两倍，真是人满为患。为了尽量避免交叉感染，医院院内广场上临时搭建了几个发热门诊棚。就这样，就医的孩子在各自家长的带领下，仍然不得不排起了长队。

小强爸爸妈妈连轴转，把发高烧的儿子小强交给他奶奶照看，白班夜班都在发热门诊棚当值班医生，他们熟练、耐心地为每个发高烧的孩子诊治。小强、小华就排在他爸妈当值治病的患者队伍里。小胖身强体壮，抵抗力强，尚没有被感染，他和刘丽丽老师作为志愿者一起来到医院维护秩序和照顾本校的同学。

小胖臂戴志愿者的红袖章，在排队就医的队伍旁边，一会儿为小强和小华测体温，一会儿给他们倒水，想尽办法安慰照顾两位好伙伴。小强和小华对小胖说："你不要只顾着我们两个，也多照顾一下其他小朋友。"小胖接受了两位好朋友的建议，在长龙一般排队就诊的患者中间来回走动，尽管天气有点冷，他仍然忙得满头冒汗，顾不上喝一口水，顾不上休息，可他没有一句怨言。但是，当他看见小强的爸爸妈妈是当值医生时，又看看小强和小华的体温表，全在三十九度以上，他再也憋不住了，建议小强和小华到最前面去，让叔叔或阿姨先为他们的儿子和近邻的女儿小华治疗，并说："为自己儿子提前就诊总不为过吧？"谁知小强和小华不但不领情，还批评小胖说："你这个志愿者不称职，你是来维持秩

序的，怎么可以让我们破坏排队就诊的秩序呢？"班主任刘丽丽老师肯定了小强和小华的做法与观点，对小胖身为志愿者但违反公共秩序的想法进行了批评，同时，也肯定了小胖不怕苦不怕累不怕被传染的高尚品格。

凡事再大也大不过理，小强和小华说的做的都在一个"理"字上，小胖只能接受刘老师的批评，一面为他们俩着急一面继续履行一名志愿者的义务。

谁知恰在这时，从一辆高级轿车内走下来一位阔太太，嘴上捂着一个高级口罩，手里牵着一个和小强他们年龄相仿的孩子。她绕开所有排队的人，大喊大叫地直奔正在接诊的小强妈妈而去："大夫，大夫，不得了啦，我儿子高烧三十八度五，咳嗽不止，水米不进，你快给看看，打吊针、打吊针，再拖下去，我儿子会烧坏的！"

没等小强妈妈说话，小胖大步流星地赶过去制止那位不排队想优先就诊的阔太太。他很有礼貌地给她敬了一个少先队队礼，客气地说："阿姨，你没看见这么多病人都在排队吗？大家要遵守公共秩序，所有人都不例外，请您到后面排队去。"

流感来势凶猛

那位阔太太对小胖的劝阻不理不睬，不拿正眼瞧他，继续纠缠小强妈给她的孩子先诊治。队伍里一阵骚动，有人开始喊："排队！排队！"小胖见状，便用手臂拦住那位不守秩序的阔太太，谁知她不依不饶，高声对小胖说："我儿子高烧三十八度五，耽误诊治出了事故，你个小胖墩负得起责任吗？"小胖依然耐住性子对她说："阿姨，三十八度五不算高烧，后面队伍里不少小朋友三十九度多呢！"那个阔太太说："你个小胖墩怎么说话的，你管得着吗？"

面对妇人出言不逊，小胖依然不生气，摇摇头说："请您遵守秩序，排队就诊。"

不讲道理的阔太太说："我儿子要是烧出问题，你负责吗？"

小胖忍无可忍，拉过小强，面带怒气地反问阔太太："你知道他是谁吗？"阔太太不屑地回答："我管他是谁呢。"小胖讥讽地说："你面前的这位全身心为患者诊治的周大夫就是他的妈妈，那边另一排的主治大夫就是他的爸爸。自己的亲爸亲妈在这当值班医生，他依然在这里耐心排队就诊，你还好意思插队？"

那个女人听了小胖的话，面露难堪，又问了一句不该问的话："真的假的？天下哪有这样的父母？"小胖学着那位贵妇人的腔调尖声尖气地说："真的假的？"引起一阵哗然，然后小胖又不无讽刺地说："请您遵守公共秩序，遵守公共秩序是中国公民的基本义务之一。大家说，对不对？"排队就诊队伍里的小患者和家长们一起大声回答："对——"

那位阔太太脸面上挂不住了，拉着自己的儿子嘀嘀咕咕地说："什么破医院，走，咱们不在这里看了。"

在人们的一片嘲笑声中，那位阔太太拉着宝贝儿子一头钻进了高级轿车里。

人们赞扬小胖维护公共秩序的勇气，更加尊重周大夫赵大夫和他们的儿子大公无私、自觉遵守公共秩序的高尚品格。

13

短话剧获奖

继承和发扬…

· · · ·

　　为了对全市少年儿童进行革命传统教育，市教育局决定在全市开展由小学生自编自演的文艺会演比赛。经过层层筛选，红军路小学五（2）班由赵强、王华、黄君等人自编自演的儿童短话剧《抓特务》入选，并作为压轴戏最后一个出场。

　　在指导老师五（2）班班主任刘丽丽老师带领下，儿童短话剧《抓特务》登台演出了。小强、小华分别担任儿童团长和儿童团团员，他们身穿八路军军装，英姿飒爽、斗志昂扬地上场了。他们在通往革命根据地——巨石镇的必经之路站定后，先唱了一首《儿童团之歌》：

手拿红缨枪，臂戴红袖章，站在大路旁，两眼观六路，双耳听八方。嗨，我们是儿童团的好儿郎。

手拿红缨枪，臂戴红袖章，站在大路旁，采药放哨送情报，护理伤员早健康。嗨，我们是儿童团的好儿郎。

手拿红缨枪，臂戴红袖章，站在大路旁，赶走侵略者，打倒反动派。嗨，我们是儿童团的好儿郎。

手拿红缨枪，臂戴红袖章，站在大路旁，永远跟着毛主席，永远跟着共产党。嗨，我们是儿童团的好儿郎。

小强、小华的歌声高亢嘹亮、清脆悦耳，稚气的童音中充满了坚定自豪的革命斗志，不仅唱得好，内容也特别棒，再加上小强、小华的热情演绎，歌声刚落，便赢得台下一片叫好声和热烈的掌声。

小强、小华扮演的两个小八路，检查着从革命根据地——巨石镇进进出出的每一个人的路条，认真仔细，革命警惕性特别高。这时候，从日本鬼子占领的县城方向走过来一个装扮成当地农民模样的胖家伙，贼眉鼠眼、鬼头鬼脑，他就是小胖扮演的日伪军派到巨石镇侦察我根据地军情的特务。小胖扮演的特务逼真猥琐，仅扮相

就引得台下师生们哄堂大笑。

"站住！你是什么人？"小强和小华相互递了一个眼神，用红缨枪拦住了小胖的去路。

"老总，老总，我是好人，良民大大的！"小胖一面嬉皮笑脸地回答，一面贼头贼脑地四下张望。

"把路条拿出来！"小强说。小华一听他"老总老总地叫，又说什么良民大大的"，就知道他不是什么好人，立刻提高了警觉性。他们先是查看了路条，看不出什么破绽，之后便心生一计，故意错问小胖："你说你是来巨石镇走亲戚的，你亲戚可是王木匠？"特务一听，便对台下旁白："孩子毕竟还只是个孩子，自己就把王木匠报出来了。"于是他便顺杆往上爬，说："对对对，我找的就是王木匠。"

"你找的是住在镇东头靠街北侧的那一家吗？"小强又故意问错。

"对对对，就是住在最东头靠北街的那位王木匠。"特务继续顺杆爬。

这时候，小强、小华已经完全确定，这个胖家伙一定是个日伪特务，因为王木匠住在镇最西头靠街的南侧，而且王木匠就是儿童团团长的爸爸。但是为了进一步坐实他的特务身份，他又问了一句："王木匠叫什么名字？他是你什么人？"这一下特务回答不上来了，顺口胡编说："他是我大表叔，至于名字嘛，他是长辈，我不便乱叫，只知道人们都称呼他为王木匠。"

小强从来没见过这位表兄，也从来没听爸妈说过有这么一个表兄，已经不用再审查了，他和小华用红缨枪把特务押解到巨石镇八路军独立团团部，交给由五（2）班班长高胜扮演的侦察排长。经过高胜排长的审讯，原来日本侵略军住在县城的最高指挥官龟田大佐要来偷袭巨石镇八路军独立团总部，派遣一个扮成农民模样的特务来巨石镇侦察地形，摸清虚实。于是，高胜排长在团长指示下，将计就计，对小强、小华说："放这位农民老乡去探亲，他是一个良民。"小强、小华把小胖领到大路上对他说："你的表叔王木匠为了躲避日伪军的祸害，半年前就搬到山里去住了，你回去吧！"小胖在回去的途中，磨磨蹭蹭，东张西望，看到大路两旁的山石和树丛后面埋伏了不少八路军，心中一阵惊喜，面上却不动声色，对小强、小华连声说："谢谢，谢谢两位小

八路！"之后便一溜烟跑回县城去了。离开舞台前，他又回头对台下观众美滋滋地说："这下，我要立大功了，皇军奖赏大大的！"他这一自作聪明的表演，又招来台下一片笑声。

次日凌晨，根据特务侦察到的"敌情"，龟田绕开有八路军重兵埋伏的大路，带领由五（2）班同学扮演的"日伪军"，从另一条通往巨石镇的山路来偷袭八路军独立团。其实，八路军的真正主力恰恰相反，不是埋伏在大路上，而是埋伏在崎岖难走的山路上，结果龟田吃了一个大败仗，丢下一片日伪军尸体和枪支弹药，独自逃窜了。龟田气急败坏，当场打死了为他既侦察又当向导的小胖扮演的特务。

儿童短话剧《抓特务》落幕之时，台上又传来了小强、小华领唱的《儿童

继承和发扬革命传统

奖给：市文艺汇演比赛一等奖
红军路小学五年级二班

市教育局
二〇一九年

短话剧获奖

团之歌》的嘹亮歌声……

随着台下的热烈掌声，帷幕再次拉开，小强、小华、小胖和五（2）班的全体演员，在指导老师班主任刘丽丽的带领下，向台下观众整齐地行了一个少先队队礼！台下的掌声愈加热烈了。

会演评判结果出来了，红军路小学五（2）班的儿童短话剧《抓特务》荣获第一名！

五（2）班为学校夺得了一面绣有"继承和发扬革命传统"九个金色大字的锦旗。体育老师马达、英语老师艾德华等向刘老师表示真诚祝贺。挂在教导处的那面锦旗很耀眼，贾雪梅主任在这里办公，每天不愿看也得看，看在眼里，气在心里，可又不能把它摘下来扔掉，只能在背后发牢骚："刘丽丽，你闹吧，总不能为一面文娱会演锦旗给你另外加分吧！到期末考试成绩出来后，看你还怎么得意。"

14

小华这样过生日

　　小华十二周岁生日当天，收到了班上要好的几位女同学的生日贺卡。按照小华和几位朋友的约定，贺卡必须是各自亲手制作的，一来节俭不花钱，二来更能表达同窗之间的真挚友情。所以小华收到的贺卡，一律是好朋友的手工制品，贺卡上有的写着"祝我们的班花王华一年比一年更美丽更漂亮。"有的写着"祝王华像白雪公主一般永远可爱！"还有的写着"祝我们未来的女法官梦想成真！"当然更多的是写："祝王华生日快乐！"收到这些色彩艳丽、样式美观的贺卡，小华十分开心，对几位好朋友从内心表示由衷的感谢。

　　小强、小胖和小华同住一个小区，他们三个人的生日都是相互登门祝贺，小强和小胖相约一同来到小华家当面送贺卡，并当面向小华祝贺生日快乐。小强的贺卡上是他自己亲手画的一个扎着两只翘起来小辫子的女生在跳绳，这幅动漫画上女孩的脸型，多多少少有点儿像小华的面庞，笑容很灿烂，跳绳的姿势也很优美。小华拿在手中边看边说感谢，从表情中能明显看出来，小华对小强的这张贺卡最为中意。小胖送贺卡的方式别出心裁，他在贺卡上画了一个大眼睛、高鼻梁、红嘴唇的小姑娘，上面写着"祝王华十二岁生日快乐！"并郑重其事地装在一个贺卡信封里，让他家的"人民小吃店"的看门小京巴叼在嘴里送到小华的手中。小京巴毛色纯白，聪明灵透，可爱极了，小华平时只要看到它都会抱在怀中逗一会儿。这一次小京巴送完贺卡后还主动给小华作揖，拜了几拜，因此小华更是万分欣喜。她把小京巴托在空中亲热地晃了几晃，说："谢谢，谢谢小京巴！"小胖也因自己的创意高兴得合不拢嘴，心想：和小强相比，虽然我的贺词不如他的雅致，可我送贺卡的方式绝对超过了他。小胖面露一丝丝非常得意的表情。

　　小华的爸爸和妈妈都是电动儿童玩具厂的职工，妈

妈是生产车间技术员，爸爸是销售部经理。生日当天，家中只剩下小华和妈妈两个人，因为爸爸受工厂委派到欧洲参加产品推销会去了。一大早，她便收到爸爸的贺生短信，短信内容是："祝我们的华华十二岁生日快乐，一年比一年更漂亮！"

自己的生日爸爸不在场，小华心中难免有些失落，但爸爸真诚的贺生短信又让她幸福满满。

小华妈妈说："华华，今天是你的生日，现在家里有我和你的好朋友小强、小胖四个人，你想怎样庆生呢？"小华回答："先听妈妈的意见。"

小华妈妈少许思考了一下，说："今天你爸爸因公不在家，要不，我们还和往常一样，买一个你喜欢吃的水果巧克力蛋糕，点蜡烛吹蜡烛，唱生日快乐歌，你再默默地许个愿……到了晚上我们再给你爸爸发个视频和他一起分享你的快乐，这样可好？"

听了小华妈妈的意见后，小胖主动鼓掌，但小强却轻轻扯了扯他的衣襟，暗示他少安毋躁。

小华听后没点头，也没摇头，只是默默不语地凝神静思。她妈妈一时摸不着头脑，以为女儿不满意她的安

小华这样过生日

排，于是又说："我和你爸小时候由于经济条件不够好，你爷爷奶奶、姥姥姥爷没钱给我们买蛋糕，顶多擀一碗面，煮两个鸡蛋，这就是最好的生日礼物了。有时候忙起来往往都还把我和你爸的生日忘掉了，而我们俩呢，也拿自己的生日不怎么当回事儿。孩子过生日，都是改革开放后，家家日子富裕了才时兴起来的。在你上学前大都是我和你爸带你到肯德基快餐店与许多小朋友一起过生日，图个热闹；从你上学后，就改成把蛋糕买回家过生日了，图个自家人幸福地在一起……我一时半会真想不出什么更好的方式。"

小华说："妈妈，今天我的庆生活动，让我自己做一次主行吗？"小华妈说："太行了，你说。"

在场的小华和小胖也静悄悄地表示支持。

小华的表情渐渐地由喜悦变得沉郁起来，她说："妈妈，我认为每个人庆祝生日，首先应该是纪念母难日……"小华妈妈听了"母难日"这三个字从女儿的口中说出来，心中咯噔一下，静静地听女儿继续往下说："妈妈，有道是羊羔跪乳，乌鸦反哺，如果我们人类对父母不孝，不知道报娘恩，那就连羊羔和乌鸦都不如了。因为，每个妈妈经历十月怀胎后在生产时都是九死一生，如果忘记了这一点那就是大不孝。妈妈生育我的时候，不巧爸爸也和今天一样因公外出，只有妈妈一个人躺在医院的产床上，幸亏有好邻居小强的妈妈守在你的身旁……当时你难产，医生问，万一有什么意外，是保孩子还是保大人？你没有一丝一毫的迟疑，坚定地说了三个字：保孩子！我出生的过程给妈妈带来的苦难，你和爸爸虽然一直瞒着不告诉我，可我已从小强妈妈那里都知道了。所以，我建议，我十二岁的生日庆祝改为妈妈母难日的纪念。蛋糕照买，蜡烛照点，但先不唱生日歌，让我为妈妈唱一首《烛光里的妈妈》这支歌，来牢记妈妈的苦难，来感恩妈妈对女儿无私的爱。"

说到这里小华不等妈妈点头认可，自己动手点着了她早已备好的十二支蜡烛。之后，便动情地唱起了《烛光里的妈妈》：

妈妈我想对您说，

话到嘴边又咽下，

妈妈我想对您笑，

眼里却点点泪花。

噢妈妈，烛光里的妈妈，

您的黑发泛起了霜花，

噢妈妈，烛光里的妈妈，

您的脸颊印着这多牵挂。

噢妈妈，烛光里的妈妈，

您的腰身倦得不再挺拔，

噢妈妈，烛光里的妈妈，

您的眼睛为何失去了光华。

妈妈呀，女儿已长大，

不愿意牵着您的衣襟，

走过春秋冬夏。

……

噢妈妈相信我，

女儿自有女儿的报答。

噢妈妈相信我，

女儿自有女儿的报答。

小华深情地唱完这首歌后，母女二人都已满眼噙着泪水，在烛光的映衬下母女之间血肉相连的亲情格外感人。

……

为小华庆生的小强和小胖把小华母女庆生的场面和对话，看得清清楚楚，听得明明白白，感受得真真切切。很显然，这两个少年也被小华庆生的特殊安排深深地打动了，他们双双满含热泪，悄悄地离开了小华家。

今后小强和小胖将会怎样理解和庆祝各自的生日呢？人们很难想象出来，但有一点是肯定的，一个人的生日首先应该是母难日，这个理念已经在小强和小胖的脑海里生根发芽。

从小强、小胖以及班上其他几位女同学的口中，刘老师得知了小华过生日的内容和形式，她既赞赏又感动，并把自己小时候戴过的珍贵纪念品——一枚红色发卡作为生日礼物送给了小华。小华把刘老师的这份生日礼物当场别在了她的头发上，之后，给刘老师敬了一个少先队队礼，连忙说："谢谢刘老师！"

刘老师发自内心地喜欢小华，从小华身上看到了她自己的童年，只是直到现在，她也没有像小华这样给妈妈过过母难日，心中难免一阵愧疚。晚上，她给妈妈发

了微信，说了小华过生日的经过，并说她要向小华学习，争取尽快补上这一课。妈妈回话说："感谢这群孩子带给你的温暖，同时我也很开心你们可以互相学习。"

15

一老一小
"没正形"

· · · · · · ·

　　小强和爷爷奶奶住在同一个城市，不过小强家住城南，爷爷奶奶家住城北，周一到周五爷孙二人极少见面。每逢周末，即使家庭作业再多，小强也会抓紧时间提前做完，好到城北去看望至亲至爱的爷爷和奶奶。当然，更重要的是小强每周都要听爷爷讲故事。用小强的话说，他是听着爷爷讲的故事长大的。从两三岁开始他就喜欢听爷爷讲故事，从"哪吒闹海"到"孙猴子三打白骨精"；从"白雪公主"到"小山羊和狼外婆"；从"三个和尚没水吃"到"七个葫芦娃"；再从"诸葛亮火烧赤壁"到"平型关大捷"等古今中外神话和现实故事。爷爷讲的故事，对小强的健康成长起到了无可替代的作用。

一老一少“没正形”

　　赵老爷子是一位编故事的高手，人称“故事篓子”。曾写过一部中篇故事《老八路倒在爱孙的玩具枪下》，发表在高端报刊《今古故事》杂志上，还被中央人民广播电台改编成广播剧反复播放。其读者与听众颇多，好评如潮，反响很大，一致认为老爷子这篇故事切中了当前一个十分突出又极普遍的社会问题，就是老人们过于溺爱孙子辈，也就是大家俗称的"隔代热"，结果造成了无法挽回的悲剧。由此不难看出小强爷爷的确是一位编故事和讲故事的能手，难怪小强说："如果每周不听爷爷讲故事，就像少吃了一顿奶奶做的饭菜似的，肚子里空落落的。"

今天又是一个星期天，天气格外晴朗。小强快速吃完早点，便乘坐公共汽车早早地来到了爷爷家，亲切地问候了爷爷奶奶后便直奔主题，缠着爷爷讲故事。时间宝贵，爷爷也胸有成竹，拍板开讲：

"孔子带领几位得意弟子，坐牛车周游列国，一天傍黑，在陈蔡国途遇一顽童在大路中间筑'城堡'，拦住了孔子的去路，孔子请顽童拆掉其'城堡'让他们过去，顽童提出条件：答对他三个问题便可放行。第一个问题：顽童问孔子的眉毛有几根？孔子摸了摸自己的眉毛，想了想，如实回答：'我看不见自己的眉毛，所以回答不出来。'顽童又问天上的星星有几颗？孔子抬头仰望天空，想了想，又如实回答：'天上的星星太多，我数不清。'顽童说：'问你眉毛有几根你说看不见；

问你星星有多少颗，你又说太多数不清。不知道就说不知道，还编个理由来遮羞。好，那我再问你一个能看得见又数得清的问题：'太阳你能看见吗？'此时，孔子额头开始冒汗，说能看见。顽童又问：'太阳只有一个多不多？'孔子额头的汗水增多了，说不多。顽童便问：'为什么同一个太阳，早晨大中午小呢？'孔子想了一会儿，仍无言以对，他的大弟子颜回挺身而出为老师分忧，答：'早晨的太阳离我们近，所以就大，中午的太阳离我们远，所以就小。'顽童说：'原来你比你老师厉害。请问，你说早晨的太阳离我们近，为什么感觉凉爽？中午的太阳离我们远，反而感觉很炎热？'颜回哑口无言，呆若木鸡。此时，孔子已满头大汗，只好屈尊下车向顽童深深作了一揖，诚恳谦虚地说：'小朋友，你的三个问题，我们都回答不出来，非常抱歉，天色已晚，还是请你让我们过去吧！'顽童说：'既然这样那就过去吧！'"

"孔子羞愧难当，无地自容，一边赶路一边对弟子们总结当天遭遇的三点见解，一是要'不耻下问'；二是'三人行，必有我师'；三是'知之为知之，不知为不知，是知也！'颜回等众弟子一一记下，日后编入《论语》，传至今天，又通过孔子学院，让全世界的少年都能受到'子曰'教育。"听完爷爷讲的有关文化圣人孔子的故事，小强感到收获很大，又把三句"子曰"在心中默默地重复了几遍，加以消化并牢牢记在脑中。

爷爷突然问小强："强强，你知道为什么早晨的太阳大而凉爽，中午的太阳小而炎热吗？"小强如实回答："爷爷你别忘了，天文知识是我的强项，这个气象知识，我已从我的好伙伴小华那里得到答案了。不过我要问爷爷，你能回答出这个问题吗？"爷爷当然知道，但他故意摇头说："不知道，请爱孙不吝赐教！"又当然，小强也知道爷爷是逗自己玩儿呢！所以也故意取笑爷爷："原来爷爷也回答不上来啊，笨死了！"此时此刻，爷孙二人放声大笑，爷爷的笑声如铜钟悠远绵长，孙子的笑声如银铃清脆嘹亮。铜钟与银铃交织出一首动听、动情的亲情之歌。

……

小强和爷爷在一起，总感到时间过得飞快，不知不

觉间已经到了中午，奶奶已经把午饭做好，指着爷孙俩说："看你们这一老一少没个正形，没大没小，没长没幼，也不怕别人笑话！"奶奶说这句话时，满眼饱含着对这"没正形"的一老一少浓浓的爱意，又说："今天我给你们爷孙俩包了三鲜馅饺子，快尝尝，不知合不合你们的胃口。"小强赶紧接过奶奶手中的一盘热腾腾的饺子，不住地说："奶奶辛苦了！奶奶辛苦了！爷爷给我讲故事，是精神食粮，奶奶给我包三鲜馅饺子是物质食粮，我有如此好的爷爷奶奶，难怪小华和小胖经常说我是这世界上最幸福的人！"

奶奶欣慰地说："还是我家强强体谅奶奶，听强强这么一说，我忙了一上午的疲劳顿时全部消散了！"

爷爷边吃饺子边说："英雄不问来路，伟大寓于平凡，我也要来一句'子曰'：三岁看大，七岁看老，强强虽年幼，焉知吾孙不成大器乎！"

奶奶看着爷孙二人吃着自己包的饺子那心满意足的样子，也打心眼里高兴，说："强强你看，吃饺子也堵不住你爷爷的嘴，整天离不开他的'子曰'。"

爷爷奶奶和孙子的天伦之乐，不知让多少人羡慕至极呢!

……

　　小强从爷爷奶奶家回来后，把他从爷爷处听来的故事又转述给小华和小胖听，小华听后十分高兴，说她也受到很大启发与教育，只可惜听的是"二手货"，肯定没有小强爷爷讲得生动。小胖虽嘴上说故事蛮好的，可他却一脸阴沉，小强问小胖："怎么了？有心事？"沉了沉，小胖直吐胸中的不平之声："都说人生来平等，我看这是胡说。你们看，我和小强生来就不平等，他爷爷在城里过着优越的生活，每周给孙子讲故事，尽享天伦之乐，可我的爷爷奶奶呢？已年近七十，如今还在乡下刨土、挑水、种菜、种地，过着艰难辛苦的日子。我每年春节才能回去看望他们一次，不要说给我讲故事了，连嘘寒问暖都顾不上……"小强、小华见状，既同情朋友又一脸茫然，不知如何安慰小胖。好在小胖的忧郁情绪很快就消失了，转而说："不过，我爷爷奶奶也有一个值得我骄傲的地方，那就是他们的身体特别健康，我爷爷在古稀之年仍能做一手好木工活、推车挑担、赶集卖货……"小胖边说边笑，眼

里有泪花闪烁，看得出，他的欢乐中有苦痛、苦痛中也有欢乐。

　　小强和小华认真倾听小胖讲述，默默无语，不知道他俩的小脑袋瓜中都在想些什么。

16

老红军
话"人民"

红军路上有一个老军人休养所，住在里面的都是老红军、老八路和老新四军，换句话说，他们都是新中国的功臣。不过健在的老红军不多了，仅剩下三位，其中还有两位因年迈体弱不再接受采访，只有一位叫陈奎的老将军身体健康，思维清晰，在身体条件允许的前提下可以预约接受外界采访。不过陈老将军有一个口头声明，不接待记者或其他成年人采访，只愿与戴红领巾的孩子们打打交道。经过与护理人员的联系，陈老将军同意和红军路小学的少先队员们见面，但人数不能太多，最后商定由五（2）班选派三名代表前来拜见陈老将军，他们便是小强、小华和小胖。

当小强等三人手捧一束康乃馨鲜花来到陈老将军家时，陈老已在沙发上以军人的坐姿等候三位来访的"红领巾"了。小强三人一字排开，齐刷刷地给老红军敬了一个少先队队礼，亲切地叫了一声："陈老爷爷好！"老红军满面春风，连忙叫他们在自己身边坐下，并让护理人员给他们每人递上一个红苹果，冲一杯奶茶，之后便指着茶几上的康乃馨说："买这么多鲜花干什么？"小胖听后赶紧回答："陈老爷爷，不多，一共才10枝，每枝代表10岁，我们的心意是祝老爷爷长命百岁！"老红军笑了："一枝代表10岁，也可以代表100岁，其实你们买一枝就够了，这都是形式主义。"小华笑了，对老爷爷说："开始，小胖还建议买100枝呢！小胖你看，只有10枝，就惹老爷爷不开心了。"老红军说："我没有不开心，只是想告诉你们，今后做任何事情都要从俭，从实际出发。"说到这里，老红军喝了一口清茶接着说："好了，言归正传，你们这次来，想听爷爷讲点什么呢？"小胖脱口而出："想听老爷爷讲英雄故事。"老红军说："解放路上有一家《古今故事》杂志社，社里有一位全国先进编辑，他主编出版了一套《英雄模范故事》丛书，讲述了关于刘胡兰、张思德、雷锋、王进喜、焦裕禄等英雄模范故事，写得很生动、很真实、很感人，我家里就收藏了一套，你们没读过吗？"小强回答："读过，不过那都是书本里的故事，我们想聆听爷爷经历过的那些英雄故事，收获会更大。"老红军说："爷爷老了，牙都快掉光了，讲话漏风，脑子也不如以前好用了，怎么讲也不会比书上写的生动。所以我今天不讲英雄故事，只给你们讲讲人民的故事。"三人拍手欢迎，齐声说："好，老爷爷讲什么我们都爱听。"

老爷爷又饮了两口清茶，然后问："你们知道我们国家叫什么名字吗？"小强抢先回答："叫中国。"老红军又问："那全称呢？"小华回答："中华人民共和国。"老红军拍拍小华的头，高兴地说："完全正确，你们注意，这全称里有'人民'两个字。这两个字还被运用在很多地方，例如：中央人民政府、全国人民代表大会、中国人民政治协商会议、中国人民解放军、人民检察院、人民法院、人民警察，等等。"没等老红军说完，小华插话："还有人民银行、人民医院、人民商场、人民剧院、人民邮电、人民……"小华一下子短路了，小强赶紧补充：

老红军话"人民"

"还有中央人民广播电台、人民日报、人民文学出版社、人民文学杂志社、人民画报、中国人民大学、人民广场、人民路，等等。例如，我们冀庄市最大最繁华的一条大街就叫人民路，市中心的那个最宽阔的广场就叫人民广场。"老红军又摸摸小强的头说："很好，孩子们真的很棒，你们的头脑比爷爷清晰，年龄这么小，知道的这么多。但是，你们知道为什么我们国家的许许多多政府机构和服务部门都以'人民'两字命名吗？"不等孩子们回答，老红军自己接着说："这都是因为我们中国共产党有一位伟大的人民领袖毛主席，这都是以他为领袖的中国共产党的建党宗旨所决定的……"小胖插话问："老爷爷，那为什么叫中国共产党不叫中国人民党呢？"

小胖这个看似无厘头的问题，不仅把小强和小华都问愣住了，也把老红军一下子问卡壳了。老红军只好端起茶杯又啜了几口清茶，认真思索后才回答："小胖这个问题问得好，这要从'共产'两个字上来思考，所谓'共产'就是公共财产，国家的权力和一切财富都是属于全国人民共有的，不是哪个人、哪个派、哪个党私有的，我们的人民领袖毛主席领导的中国共产党主张人民当家

作主，主张为人民服务，主张人民的利益高于一切。所以，代表人民利益的中国共产党在人民领袖毛主席领导下，建立了人民当家作主的新中国。从 1949 年 10 月 1 日开始，全体中国人民就成了国家主人，扬眉吐气了！"

……

老少四人对话交流自由舒畅，不知不觉间，一个半小时已经过去，护理人员递眼色给小强等三人，为了老将军的健康，适可而止。绝顶聪明的小强马上明白了护理人员的示意，对小华和小胖说："今天老爷爷给我们上了一堂极为深刻、生动的'人民'课，我很受教育，不知你们两个有何感想？"小华和小胖真诚地回答："当然和你有同感了，对'人民'两个字我们有了更深的理解。"小强说："那好，我们就此告别，感谢老爷爷别开生面的教诲，时间不早了，我们走吧，老爷爷该休息了！"

老红军拉住三双小手，有点不舍得跟他们这么快就告别，他说："我们国家主席习近平说：'我们的一切工作都要以人民为中心，人民对美好生活的向往就是我们的奋斗目标。'主席是时刻把人民放在心里的。"小强三人同声回答:"老爷爷说得对,习主席是这么说,也是这么做的。"老红军又说:"我今天讲得可能太空泛了,你们每个人能不能简短地说一下自己的感受?"小胖先说:"人民是真正的英雄。"小华第二个回答:"做人民的好儿女。"小强最后一个说:"人民万岁!"

老将军高兴地说:"看来我今天没有白费口舌,你们三个用的字都很精练,一个比一个少,但都同样正确、同样深刻。"

小强三人再次排成一排,齐刷刷地给老将军敬了一个少先队队礼。老红军很激动,不免有些动情,在护理人员的搀扶下,坚持把三位"红领巾"送到军休所大门口。

回来之后,小强和小华整理书写拜访老红军的经过,准备给五(2)班全体同学转述。而小胖做出了令所有人都十分意外的举动:他用大红字把他家原来花钱请一位专家书写的"仿膳小吃店"店名改为"人民小吃店",并在小吃店门前贴了六点保证:一、干净卫生;二、味美可口;三、货真价实;四、足斤足两;五、老少无欺;六、服务周到。小胖的自作主张,他爸妈开始很不理解,但

也没加阻止，出乎意料，经过儿子把店名这么一改，又用大字写了六点保证，几天过后，小吃店的生意果然红火了不少。

17

黄君的
主旨演讲

　　赵强、王华、黄君在老红军干休所听了陈老将军话人民之后非常兴奋，感觉上了一堂之前从未上过的特殊教育课。他们三人向刘老师做了汇报，黄君还把自家的"仿膳小吃店"自作主张地改成了"人民小吃店"，只可惜，因为怕影响老红军休息，对习近平主席以人民为中心的思想没能够展开详谈。刘老师听了三位同学的汇报后，决定在本周五课外知识课上，让同学们对习近平主席以人民为中心的执政理念和实践进行具体梳理。在上课铃响过之后，刘老师开门见山，她说："习近平主席明确指出，我们的一切工作都要以人民为中心。他还说：'人民对美好生活的向往就是我们的奋斗目标。'"说完之后，

刘老师发问："同学们，知道习主席这两句话吗？"全班同学齐声响亮地回答："知道——"刘老师听了同学们的回答，频频点头，表示很满意，她说："非常好！那么我们今天这堂课就请同学们来讲一讲党和政府具体有哪些措施呢？每位同学都可以讲，自由发言，不受限制。"

刘老师话音刚落，黄君同学的手就高高地举起来了，他说："刘老师，这个问题是我的强项，因为习主席以人民为中心，我们广大农民是最大的受益者，我家就是一个最典型的例子。今天由我来做主旨演讲，我知道国家的好多具体做法，我有许多的切身感受……"当听到黄君要做"主旨演讲"后，全班同学都笑了起来，但并无恶意，只觉得这个小胖未免口气太大了一点。刘老师似乎也有同感，她说："主旨演讲就不必了，因为还要留出时间给其他同学发言，请黄君同学先作个重点发言，好不好？"全班同学热烈鼓掌，并请黄君到讲台上给全班作重点发言。

小胖既不怯场也不客气，噔噔几步便走到刘老师的讲台前，面对全班同学，侃侃而谈："第一，习主席提出精准扶贫，明确提出到 2020 年实现全国几千万贫困人口全部脱贫。习主席还特别强调，一个也不能落下。请问，这是不是以人民为中心？"

全班同学异口同声地回答："是——"小胖更来劲儿了，他继续兴奋地说："告诉同学们一个特大的好消息，我的老家在江苏省徐州市沙集镇，从前是个出了名的贫困镇，我爷爷和奶奶就住在那里。之前，一年忙到头累死累活，也挣不了几个钱，所以我爸爸妈妈每个月都要给爷爷奶奶寄去一些钱作为生活补贴。这几年，家家有太阳能，户户都用上了抽水马桶；家家有余钱，户户有存款；村里还有文化广场和村图书室，每次回老家都能看到爷爷奶奶们在广场上锻炼，我也喜欢到村图书室看书。我们村已经脱贫过上了幸福的小康生活。爷爷说大家现在的日子和城里人一样幸福，不，比城里人更幸福，因为他们能吃上更新鲜的蔬菜和粮食，能呼吸到比我们冀庄市更新鲜的空气……"

说到这里，小胖听到下面有两位同学发声质疑："真的假的？别是喘粗气、吹大牛吧？"

小胖听到后有点不高兴了，他说："我的老家沙集镇如今成了全国脱贫奔小康的先进典型乡镇，在纪念改

黄君的"主旨演讲"

革开放 40 周年的新闻联播里，中央电视台还作了重点报道。可把我们全家高兴坏了。"

刘老师插话道："这个新闻我也看到了，但不知道沙集镇就是黄君同学的家乡，我在这里代表全班同学向黄君同学和其家乡表示热烈祝贺！"全班同学掌声如潮，小胖激动不已，双眼噙着泪花继续说："第二，我爸爸妈妈的小吃店还享受了普惠性减税政策，所以我爸爸妈妈说，要把小吃店规模扩大，再招两名服务员，购置一个甜蜜蜜五色果冻机……"同学们又以热烈的掌声送给黄君一个大大的赞。

获得满堂彩的小胖在自己的"主旨演讲"结束后，高兴地跑回到自己的座位，赵强主动为他竖起了大拇指。

接下来，赵强、王华和班长高胜等同学又列举出了国家的一些具体措施，其中主要包括：

河长制的推行，使江河湖汉的水变清了；

"厕所革命"开展后，街道旁、公园里和公开场所的公厕里面有了手纸，环境卫生也变得更加干净了；

国家增加了大病和慢性病的医疗保险，多数人民群

众看得起病了，再也不用担心因病致贫返贫了；

大桥越来越多，高铁越来越快，老百姓出行越来越方便了；

……

刘老师注意到，今天，王华同学始终没有发言，于是问她为什么默不作声。王华说："黄君同学的重点发言太精彩了，直到现在我还陶醉在他讲述的故事里。另外，其他同学们发言都很踊跃，我一时半刻插不上嘴。现在既然刘老师问到了我，那我也说一点：'国家推行幼儿园免费教育政策，这是一个很大的举措，我听爸爸妈妈说，我上幼儿园的开销比我上小学的还要多，难怪我们班有近三分之一同学的父母都表示要为他们再生一个小弟弟或者小妹妹呢！'"

刘老师说："王华这个发言很中肯。目前，我们国家是九年制义务教育，即从小学到初中，现在再加上三年幼儿园免费教育就变成了十二年义务教育了，这是一项惠及全国 14 亿人口的好政策，从而不难看出，习近平主席以人民为中心的思想，正在不断贯彻落实。今天由于黄君同学的重点发言，我也没有时间做总结了，最后只想问同学们一句话，我们该如何回报祖国呢？"

全班同学"唰"的一声整齐地站立起来，响亮地齐声回答："读书立德、读书明理，快乐玩耍、健康成长。艳丽的红领巾，时刻准备着！"

为什么全班同学回答得如此洪亮而整齐呢？这里有必要再强调一次，因为这是刘老师为全班同学拟定的加强少先队员思想品德教育的一句固定的奋进口号。只要是在特定场合，全班同学都会不约而同、心有灵犀地响亮回答，而且每一次诵读都是在班长高胜带领下进行的。

从小学一年级，也就是一（2）班，二（2）班，三（2）班，四（2）班，到目前的五（2）班，每年改选一次班长，但结果都是高胜当选。在四年级的时候，黄君曾经鼓动过赵强参加竞选，把高胜的班长"干掉"。但赵强坚决反对，同时得到了好朋友王华的支持，王华说："高胜同学的确有组织能力和领导能力，身上有他爸爸妈妈当领导的基因。"赵强又说："高胜除官瘾大一些之外，没有什么别的坏毛病，他还能知错改错。比如这次吴若若受欺凌，他就在全班检讨自己'失职'，并向吴若若

同学致歉，还有刘老师让他把非法出版物这指南、那指南的全扔掉,他就真的全都扔掉了。"两位好朋友都反对，所以黄君鼓动的"改选班长"始终没有启动过。另外，高胜的班长当得如此稳当，有模有样，这与他爸爸妈妈的"高瞻远瞩",在人生起跑线上的精心设计关系也很大。他爸爸妈妈故意让儿子晚一年上学，这样一来，高胜比班上绝大多数同学都大一岁，年龄上的优势成了他当班长的先天条件。

18

小强的
恶作剧

11月9日是全国消防日，这一天红军路小学组织了一场全校师生都参加的实地消防演练。

当天下午快要放学之前，同学们正在上最后一节课，学校紧急集合的哨声突然响起，哨音空前响亮、尖锐刺耳，接着便有人大声呼叫："起火了——起火了——各班有序进入实地消防演练！"

这项活动，除了各班班主任提前知道外，其余所有师生都不知情。五（2）班班主任刘丽丽老师听到火警后沉着地下达指令：班长高胜和少先队中队长赵强负责组织全班同学有序迅速撤离"火场"；王华和另一位女同学李莉负责抢救可能出现的受伤人员；黄君同学身强

力壮负责操作灭火器扑灭明火。

刘老师的指令下达后班长高胜和赵强沉着稳健地组织全班 50 名同学有序撤离。他们首先提醒全班同学把随身携带的饮用瓶装水浇在毛巾上，没有毛巾的可以浇在手绢上，没有手绢的浇在红领巾上，没戴红领巾的可浇在衣服的袖口上，之后用湿润的布质物品捂住口鼻，一个接一个地往楼下撤离。不要惊慌失措，不准争先恐后，不准拥挤推搡。女生在前，男生在后；体弱的在前，体壮的靠后；相互关照，相互帮助。赵强、高胜的口令，简练明确，班长高胜走在最前面领撤，赵强在队伍中间前后照应，刘丽丽老师走在全班最后压阵。全班 50 名同学跟随着三位指挥员秩序井然地迅速撤离教室，往学校中心广场的安全地带集合。

黄君虽然体胖，但接到刘丽丽老师的指令后，其身手比平时利索了许多，他拎起教室墙角的灭火器第一个冲到了楼下的明火处，熟练地打开灭火器的阀门，和其他班的灭火器操作手一道，在短时间内就把校方事先用艾草点燃的无害明火扑灭了。

半个小时后，火警解除，消防演练圆满结束。全校师生安然无恙，只有五（2）班的组织者之一赵强不小心，因去扶一位险些摔倒的女同学，其右手被楼梯拐角处破损的扶手剐蹭了一下，受了一点轻微的皮外伤。王华等"救护人员"为他涂了碘酒，包了纱布，极其熟练地处理好了赵强流血的伤口。但是出乎大家的意料，在扑灭明火后黄君因烟熏而"窒息"停止了"心跳"，躺在地上等候救护人员王华等人来"抢救"。王华和赵强明知黄君"有诈"故作病态，但王华还是从实战出发，想方设法去解决一切可能遇到的意外，所以她跑过来为黄君按压胸部，其身手有模有样和医院护士抢救休克病

小强的恶作剧

人的动作几乎没有什么区别。但黄君受到王华的这个特殊"护理和抢救"后还在那里继续装病，躺在地上一动不动，无声无息，当赵强趴在他的耳边问："好点了吗？胖哥！还不见好就收，为什么还在装死呢？"黄君轻轻地对着赵强的耳朵说："王华和李莉还没给我做人工呼吸呢！"赵强对他说："你这个得寸进尺的死胖子，你等着，我叫王华来给你做人工呼吸。"他边说边把平常以防小胖和自己课堂上打盹用的新鲜辣椒从兜里掏出来一掰两半，用其中粗的那一半茬口在闭目等待"人工呼吸"的黄君的厚嘴唇上来回涂抹。黄君先是安安静静地享受这平时难得的"人工呼吸"，但立马又感觉哪里不对劲，用舌尖舔了舔嘴唇，火辣辣的疼痛，这才明白是自己上了赵强的当，于是用衣服袖口使劲抹了抹嘴唇，来个鲤鱼打挺，迅速从地上爬了起来，说："好你个赵强，看我怎么收拾你！"赵强说："用辣椒防止你上课打盹，还是我给你想的高招，你不感谢我还要报复我，真不够哥儿们！"

全校顺利结束消防实地演练后，赵强和黄君上演的这出双簧恶作剧，引来众多在场同学一阵开怀大笑。

　　刘丽丽老师把五（2）班全体同学叫回到教室，首先表扬了班长高胜与赵强、王华、李莉、黄君的有力组织和各司其职的出色表现后，按照常规刘老师一定会对这次消防实地演练进行三点总结，但出乎大家的意料，这次变成了"六要六不要"。刘丽丽老师说消防演练对我们的人身安全至关重要，只有经过实地演练，在真的火灾面前我们才能减少伤亡，仅讲三点已经不能包含我要表达的全部意见，所以我要讲的是两个"三点"，即"六要六不要"：一要一切行动听指挥，不要自行其是，乱窜乱跑；二要沉着镇静，不要惊慌失措；三要有序撤离火场，不要争先恐后，你推我搡；四要相互帮助，强的帮助弱的，男生帮助女生，不要自顾自；五要用湿润的布质品捂住口鼻，不要大喊大叫；六要舍己为人，不要自私自利。这"六要六不要"我们班同学在这次演练中都做得相当好，特别是第六点，赵强和高胜同学做得更为出色，我们五（2）班比五（1）班的同学提前到达楼梯口，但高胜和赵强礼让五（1）班同学先走，他们的这个举动虽小，却受到了五（1）班全体同学的尊敬和校领导的赞扬。

说到此处,刘丽丽老师停顿了一下,之后继续说:"这次实地消防演练,我们五(2)班并不是十全十美,还有两个问题相当明显,一个是赵强同学在实地演练中负了轻伤流了血挂了彩,是全校唯一一个伤员,好在他是为了帮助一位女同学负的伤,而且是因楼梯拐角扶手的破损造成的,所以我这不是批评赵强,而是要求大家共同吸取教训。俗话说水火无情,生命第一,在真的火险发生时,我们的第一要务就是避免伤亡。还有一点就是黄君和赵强二人上演的双簧恶作剧,不是时候不是场合,消防演练这么严肃的事情怎么能如此儿戏呢?对此必须提出严厉批评!因为恶作剧是在消防警报撤销之后,所以就不给他们处分了,大家引以为戒!"

......

实地消防演练结束后不久,期末考试就开始了。期中考试成绩很不如人意的五(2)班全体同学都在加倍努力复习,准备迎接期末考试。

功夫不负有心人,这次考试成绩公布后,五(2)班的平均分数从倒数序列进入了全校前十名,虽然比排在全校第八名的五(1)班还差两名,但进步显著是有目共睹的。这次期末考试，在教导主任贾雪梅提议下也宣布了一条新规：凡是满分同学第一个交卷的再另加3分，第二名交卷的可获得102分，第三名交卷的可以获得101分。明眼人都知道贾主任这条新规是专为荣光荣量身定做的，荣光荣倒也没有辜负贾主任的一片苦心，三门功课果然都是第一个交卷，总共获得了309分。他作为"领头羊"，为五（1）班平均分数拉高了不少，否则五（2）班和五（1）班的排名谁前谁后还难说呢！

五（2）班期末考试成绩之所以能大幅度提高，有这样几个原因：一是赵强、王华、高胜等平时考试成绩突出的同学都更上一层楼；二是从五（1）班调换来的"发动机"，他的三门考试成绩都比期中考试又增加了好几分；三是黄君、金鑫、吴若若等几位后进同学都在原有基础上有了较大提高，以黄君为例，他的语文、数学两门都考了88分，英语由期中的不及格考到了70分，小胖的这个进步出乎许多人的意料，让大家对他刮目相看。小胖的爸爸妈妈得知儿子的考试成绩大大提高，高兴得合不拢嘴。开始他爸爸还有点不敢相信，生怕儿子再次欺骗他，让他把卷子倒过来看，小胖笑着说："爸爸，

这一次，你愿意正着看就正着看，高兴反着看就反着看，不管怎么看，反正都是 88 分。"小胖妈妈高兴得把胖儿子揽进怀里，当着小华和小强的面，在儿子的胖脸蛋上啧啧地亲了两个响吻，弄得小胖很不好意思。小胖挣脱了妈妈的怀抱，拿着妈妈奖励的三个酱猪蹄和小华、小强跑到小店外面分享去了。

19

小胖
突遭绑架

期末考试成绩五（2）班突飞猛进,贾雪梅没能"梦想成真",恰恰相反,刘老师的教改"五点新规"成效开始显现,同学们的德智体美劳全面发展，受到市局、校方和学生家长的一致好评。贾雪梅不思悔改，一计不成，又生一计，她暗中指使自己的堂兄，勾结黑社会，绑架了黄君同学，事情的经过是这样的：

歹徒利用小胖和小强、小华关系十分密切这一点，打电话给小胖，谎称小华出了车祸，严重骨折，现正在西郊的正骨诊所急救，让小胖快去看望照顾他的好朋友小华，电话里还说小强已经赶过去了。小胖听说自己最好的朋友之一小华骨折，头脑发蒙失去了判断力，分不

清陌生人电话内容的真假便慌慌张张地往正骨诊所赶去。社区正骨诊所地处冀庄市西郊，离市区较远，相对偏僻，在小胖赶往诊所的途中，被歹徒绑架了。

晚上七点半，晚饭时间已过，小胖还没回家，小胖妈觉得不对劲，往常这个时间小胖早就回来了，就问："他爸，小胖怎么还没回来呢？"小胖爸说："你忙你的吧，这小子肯定是和小强、小华他俩玩疯了，回来晚一点就晚一点，有什么好操心的。"话音未落，小胖妈的手机铃响了，来电话的人是个男性，说话又凶又冲："你们家孩子在我们手里，快拿100万来赎人，否则三天后你会看到你孩子的一根手指头。记住，不准报警，否则小心你孩子的小命不保！"没等小胖妈回话，电话挂断了。接完电话小胖妈"噗"的一声坐在了地上，半天说不出话来，小胖爸再三询问，小胖妈才哭诉出了电话内容。真是祸从天降，霎时间，夫妻二人如雷轰顶，他黄家几辈单传，万一小胖出了意外，他俩也就没法活了。二人反反复复商量救儿子的办法，小胖爸说："报警吧！"小胖妈连忙制止说："绑匪不让报警，报了警咱家小胖就没命了。"小胖爸说："小胖没去上学，学校知道了咋说？"小胖妈

小胖突遭绑架

说："只能给学校刘老师和小强、小华谎称小胖爷爷突发重病，小胖急急忙忙赶回老家看他爷爷去了。"

第二天早上，刘老师听到小强、小华为小胖代为请假的信息和原因后，师生三人共同认为情况不正常：一是小胖爷爷有急病，应该是小胖爸妈赶回去照顾，不会单单叫小胖一人单独赶回去；二是小胖爸妈把人民小吃店关门停业，讲话还吞吞吐吐的，面露惊慌；三是从昨天到今天已经过去 24 小时了，小胖应该早到老家了，怎么着他也会亲自给刘老师或者小强、小华打个电话报平安，可一直没有听到小胖的声音。

这两天，小胖的爸妈几乎是在噩梦中度过的，水米未进，一筹莫展。凝重的空气中，电话铃声格外刺耳。小胖妈的电话又响了，电话中传来了那个又凶又冲的男人的声音："已经过去 36 个小时，如果再不拿 100 万来赎人，你们就等着给你家儿子收尸吧！"小胖妈怯生生地问："在什么地方拿钱赎人呢？"对方只说了一句"先把钱准备好，再等电话！"又挂断了。

这时候，知根知底的贾雪梅已在私下把小胖被绑架的消息散播了出去，一传十、十传百，很快全校师生都知道了。贾雪梅等人把此事件归咎于刘丽丽，还说，刘丽丽鼓动孩子不要家长接送自己独立回家，压根就是个馊主意，她只为了自己出风头，不把孩子的安危放在心上，如果黄君真的出了什么意外，刘丽丽要负刑事责任！

至此，红军路小学所有家长都陷入了深深的恐惧之中，再过三天就放寒假了，五（2）班接送孩子的家长陡然猛增起来，由原来的不到10%上升到90%以上，只有小强、小华等少数几位同学坚持独立上下学。家长的举动完全可以理解，谁也不愿意让孩子发生什么不测。

刘老师的压力很大，她前后几次到人民小吃店去安慰小胖爸妈，并说已和小强、小华悄悄地报了警，公安部门正在全力侦破，让他们俩放宽心。

……

被绑架的小胖，克服了起初的恐惧，开始和绑匪周旋，他在被绑架的途中或转移途中数次要求解手，还故意扔下衣兜里的半截鲜辣椒，这是他在小强关于"芳香通窍，辣味醒脑"的启发下平时用来刺激打盹醒困用的，很显然，他要留下自己的气味，以便他家的小狗京巴和警犬能及时顺利地找到他的踪迹。小胖这一招果然十分有效，警察带着警犬和京巴嗅出了小胖用智慧故意留下的气味，在 72 小时之内顺利抓住了绑匪，解救了小胖。

小胖和爸妈相见，小胖妈哭声不止，连连道谢，不知说什么好。小胖和小强、小华相见，三人如久别重逢，都十分激动。小胖和刘老师相见，向刘老师深深鞠躬，感谢她及时报警正确处理了这起突发事件，保证了他的人身安全。校方和警方对小胖机智勇敢、临危不惧的行为给予了充分肯定和大力表彰。小胖说，这都是刘老师平常反复教育我们要善于保护自己安全的结果。他还说："我在被绑架后，开始的确十分害怕，但冷静后，想到了刘老师说的'坏人只是少数，而且坏人无论在什么时候都害怕好人。生命是第一位的，所以万一遇到了危险，首先要保护个人生命安危，用智慧和坏人周旋，等待解救'的话。"

警方顺藤摸瓜，查清了这起突发事件与贾雪梅有瓜葛，为此贾雪梅受到了法律的严惩。

在寒假前的最后一堂课上，刘老师对全班同学千叮咛万嘱咐："寒假期间一定要注意自己的人身安全，比如放鞭炮、防寒防冻、滑冰、过马路等，还有在过年期间切忌暴饮暴食、作息不规律……总之，经过整整一个学期我和同学们的相处，我感觉咱们五（2）班的同学都长大了不少，每位同学都有了长足的进步，我提前祝福同学们过一个幸福安全的快乐年！"在班长高胜的口令下，全体同学起立，齐刷刷地给刘老师敬队礼，并祝愿刘老师新年吉祥如意，阖家团圆！

刘老师回北京和她父母过团圆年去了，和刘老师同行的还有体育老师马达，这是小胖、小华和小强亲眼所见，这又是为什么呢？在三个孩子的小脑袋瓜里好像都预感到：刘老师最幸福的人生阶段即将开始。

20

说实话的班代表

红军路小学有一个成文的规定，为了发扬民主，每学期第一天校长都要召集一次师生座谈会，听取大家对校领导的意见和建议。寒假过后新学期开始了，这个例会如期召开，五（2）班的班主任刘丽丽老师带领由全班同学推选出来的赵强、王华和黄君三位班代表来到会场。会议开始后，大多数人都在说成绩，征求意见会变成了评功摆好会。小强、小华和小胖第一次当代表，觉得会开得很无聊，他们三个小声交换了一下意见，决定应该把来开会前征求全班同学们的两点建议如实地说出来，小强举手先说了第一点："李校长，我们五（2）班同学反映的意见是本校厕所太小，全校同学们上厕所难的问题十分突出，课间休息只有十分钟，大家上厕所要排队，解小手还勉强，解大手时间压根不够。"李智校长反问说："校方不是已经针对如厕难的问题，采取了错时上下课的措施，如厕难的问题还没得到缓解吗？"听了校长的反问，小强继续如实说明自己的看法，他说："李校长，错时上下课不但没有彻底解决如厕难的问题，还因错时上下课相互影响，秩序更乱。你们校领导和老师使用单独的厕所，当然体会不到同学们的难处……"说到这里，刘丽丽老师用眼色提醒赵强说话注意分寸，小强装没看见，还想继续说，可他的话头被小胖抢过去了："李校长，赵强说得很实际，比如我本人因排队解手回教室晚了，已经被老师批评过三次。你想，我一不能违反秩序插队，二不能把尿撒在裤子里，所以只能选择宁愿挨老师批评，也要坚持排队把尿撒完再回教室。我们建议校领导和老师与全校同学同用一天公厕，亲身体验一下我们五（2）班同学提的意见是不是属实。"小胖的发言话糙理不糙，有力地印证了小强的意见。

听到这里，李校长面露难堪，但他很熟练地摘下眼镜，用眼镜布擦了擦重新戴上，很快恢复了平静。他轻

轻咳嗽了一声，大声说："赵强同学这个意见提得好，我代表校领导班子宣布，从今天开始，校领导和所有老师都要到学生公厕如厕，体验三天，然后提出改进意见。"

接着，小华说："我们五（2）班同学还让我们三个代表提另一条意见，那就是我们学校西侧那栋临街的四层楼，现在是租给外人使用，可能学校每年能收到不少租金，但是这对我们的学习和身心健康已造成不好的影响，二至四层还好，是银行和电信公司的，可一层是开饭店的，人声嘈杂，油烟呛人……同学们建议，把这栋楼收回，不再外租，为全校同学开展课外活动使用。"

会议暂时冷场，刘丽丽老师有些担心李校长一时下

说实话的班代表

不了台，因为以前的所谓征求意见座谈会大都流于形式，从来没有听到过今天如此尖锐的真实意见或者叫批评，她有点儿后悔让三个不知分寸的愣头青当代表了，特别是今天参加会议的不仅有全体校领导，还有市教育局派来的改进校风督导组的三名成员参加。

可是，刘老师的担心似乎是多余的，只见李校长满面笑容诚恳认真地听了小强和小华的意见，并当场表态，虚心接受同学们的批评，限期改正校方存在的问题。市局督导组胡组长既表扬了敢于提出中肯意见的小强、小胖和小华，也肯定了李校长虚心接受师生们批评意见的正确态度。那位胡组长说："习近平主席近期提出'厕所革命'，吃喝拉撒是一件大事，在某种意义上说，拉撒比吃喝还重要，三天不吃不喝死不了人，如果三天不拉不撒那是要死人的！我们一定要以实际行动响应习主席关于'厕所革命'的号召，彻底解决红军路小学2000多名同学的如厕问题。另外，学校那栋外租四层楼也应该限期收回，眼睛不应该盯在多收点房租上，要给同学们创造更好的学习环境，保障同学们的身心健康。"

胡组长的讲话获得了座谈会上师生代表们的热烈掌声，刘丽丽老师悬着的一颗心也终于放下来了。

一个月后，小强、小华和小胖的意见果然见到了实效。如厕难的问题采取四点措施：一是校方把教学楼后墙外侧半闲置的仓库改成了男厕所，如厕面积比原来扩大了一倍；二是原有的厕所经过改造，全部用作女厕所；三是校领导和老师不搞特殊共同使用学生厕所；四是把四层外租楼在合同期满后收回。经过整修刷新，四层楼分别作如下使用：第一层作乒乓球活动室，共设十个乒乓球台；第二层作舞蹈、音乐和戏曲活动室；第三层作绘画、书法、刺绣、剪纸等手工艺活动室；第四层做图书阅览室和电脑室。这样，基本可以满足有不同爱好的同学们在课余时间都能找到自己喜欢的去处。

如此一来，全校师生都夸奖赵强、王华和黄君三位同学是称职的"民意代表"，他们实话实说的品质值得全校师生学习。当然，大家也都对李校长虚心接受师生批评意见和雷厉风行改进工作的作风表示敬重。

出乎所有人意料，一个月后的一天，李校长被市纪检委带走接受组织调查去了，传说他对学校那栋外租楼的租金有使用不当的过错，还有吃回扣和收受贿赂的行为，传说是真是假，要等组织调查有了结论后才能见分晓。但是，由此引起的风波不断，已经有人对赵强、王华和黄君他们竖起了大拇指，说他们是"三位反腐小英雄，挖出了本市教育界的一条大蛀虫。"赵强他们对此不予理会，而是说："我们都还小，更谈不上什么小英雄，我们三个只是就事论事，如实把五（2）班同学们的意见反映上去，至于李校长的问题我们更是一无所知，千万不要生拉硬扯。"另外还有人说赵强等三人是受班主任刘丽丽老师的怂恿，故意把矛头对准李校长，她自己想出人头地，很快就会坐上校长的位子，至少能当个教导主任。赵强等三人都很气愤，他们说："这是对刘老师的人身攻击，从上学期刘老师就是我们的班主任，对她的为人处事，半年多来我们每天，不，每时每刻都看在眼里，我们完全信得过刘丽丽老师的为人，她是一位真正为人师表的好老师。只因刘老师教书育人的方法与他们不同，就受到如此恶毒攻击，这些人太可恶了。"听到极少数别有用心的人吹冷风放冷箭，刘丽丽老师心中也难免气愤，但她却表现得十分坦然，她一不辩白二

不生气，只是说："清者自清，浊者自浊，你们可以不择手段地攻击我个人，但是，你们不应该把赵强、王华和黄君以及我们五（2）班全体同学拉扯进来，他们是一群天真无邪、单纯可爱的孩子，尚未介入社会，你们就如此不负责任地胡说八道，也太不近人情和不讲道德了吧。"

很快，市教育局便调来了一位叫朱彤的新校长，并重新任命了一位叫林夕的教导主任。恶意攻击刘老师的谣言不攻自破。

21

奶孙组合
蹿红地瓜网

　　刘丽丽老师非常重视对学生家长的走访，因为家长对孩子们的影响是潜移默化的。无论是家庭教育良好的赵强、王华，还是家长对孩子影响片面的高胜、金鑫，再或是被家长错误、苛刻严管的荣光荣，这些孩子身上无不刻印着各自家长教育和影响的明显烙痕。刘老师本以为对全班 50 名同学都家访过一遍了，梳理过后，她才发现还有一个"漏网之鱼"——平凡。也许平凡这位同学像他的名字一样，真的太平凡了，学习成绩居中，安安静静，少言寡语，事事不落后也不争先。虽然个子比较高，相貌不俗，却不会引来众人的注意，更不会显山露水，他似乎生活在所有人的视

线之外，包括刘老师的。

刘丽丽对自己的这个小小疏忽十分自责："还说吴若若母亲是个粗心的妈妈，殊不知自己才是个真正粗心的老师呢！全班合计50个学生竟然漏掉了一个，自己还浑然不觉。"她决定今天就去平凡家家访。晚饭后，刘老师来到了一个老旧小区，放眼看去一排排四层灰砖平顶居民楼，这就是平凡同学的住家所在，和高胜同学家所在的市府大院以及金鑫家住的花园洋房有天壤之别，难怪有些老工人学生家长说与市府大院和花园洋房比这里就是"贫民窟"。脏乱差不说，还三天两头停水停电。平凡家位于二层，只有他和奶奶祖孙二人，奶奶在刷锅洗碗，平凡在擦桌扫地。刘老师并非不速之客，她一向讲究礼貌，来之前，她已让平凡给家长打过招呼，尽管如此，平凡还是显得有些拘谨，奶奶倒很自然，放下手中的活，热情地接待了刘老师，并说：

"刘老师，你这么准时呀，我和平凡紧赶慢赶，还没有收拾好，你就来了，家里这么乱，让你见笑了。"

刘老师说："没关系，室内很整洁。"

宾主落座后，刘老师问平凡："家庭作业做完了吗？"

平凡说："晚饭前就做完了。"还说他奶奶只让他做老师留的家庭作业，从来不让他做那些额外的练习题。

刘老师又询问平凡奶奶："奶奶，您今年高寿？身体还好吗？"

平凡奶奶说："高寿谈不上，快到古稀了。多谢刘老师关心，凡凡这孩子与我相依为命，对我很孝顺，伺候得很周到，身体还算壮实，没病没灾。"

说到这里，老人家又转身对平凡说："凡凡，刘老师时间宝贵，我们直奔主题，快去把电视录像打开，刘

奶孙组合蹿红地瓜网

老师看完录像就能达到她来家访的目的了。"

凡凡有些犹豫，迟疑了几秒钟后，才把录像打开。电视屏幕上先播放了几个广告，紧接着便是平凡和他奶奶的合影，文字标题是：平凡的奶孙组合蹿红地瓜网。下面的博客内容大致有这样几段：

首先是奶奶的博客："我姓辛，叫辛年月，今年七十虚岁，有一个儿子跟包工头在房地产工地上当泥瓦匠，儿媳妇也在工地上打工，负责给几十个打工仔蒸馒头、熬大锅菜。他们两口子干的都是重活、累活，吃苦受累，一年挣不到几个钱。有一年包工头拖赖工钱，过年了，两手空空回来。这两口子鸡刨食，只能自己顾自己，管不了孩子，从一岁起，他们就把凡凡交给我带，十多年了，平时家中只有凡凡和我二人相依为命。俗话说，老儿子大孙子，奶奶的命根子，我无比疼爱我的大孙子凡凡，凡凡也很懂事，知道奶奶的辛苦与不易。"

二是孙子的博客："平凡这个名字是奶奶坚持给我起的，原先爸爸妈妈请了一位高人给我起的名字是平鱼跃和平天下。我奶奶听后说，纯属胡扯，我孙子不当鲤鱼去跳龙门当状元，更不会去当官平天下，就当一个平平凡凡的老实人，长大了，靠体力吃饭，自食其力，不靠天，不靠地，更不靠神仙皇帝！"

三是奶奶的博客："我给凡凡定了一条规矩，在学校里不准欺负其他同学，但也决不能受其他同学欺负。毛主席他老人家走了许多年了，可他说的那些响当当的话，我和我们这一代的老人都牢牢记在心中，比如：'人不犯我、我不犯人，人若犯我、我必犯人'。所以我反复教育凡凡，如果有人胆敢打你一下，你至少还他两下，打疼他，今后他就不敢再欺负你了。"

四是孙子的博客："其实在学校和班上没人敢惹我，因为我个子比较高，身体很棒，所以奶奶教我的被别人打一下还两下的指令，我从来没有执行过。六年级有个坏小子欺凌我们班的吴若若同学，这事我曾经发现过一次，我既没有见义勇为，也没有向刘老师报告。那个坏小子主动找我和解，他说，井水不犯河水，他不会找我的麻烦，希望我也不要狗拿耗子多管闲事。听了他后面一句话，我很生气，握紧两个拳头，怒气冲冲地问他，你说谁是狗？他害怕了，连说自己是狗。后来这个校园欺凌事件被赵强、黄君他们发现并报告了老师后才得以

圆满解决。现在想起来，我觉得对不起吴若若同学，也对不起刘老师的教诲。"

五是奶奶的博客："凡凡他爷爷去世之前留下一个平氏家族的家训：'孝敬老人，怜惜穷人，结交好人，远离小人，不怕恶人。'我老伴儿传给他儿子，我又把这五句话传给了孙子，让他写在纸上，贴在床头。叮嘱他要把平氏家训世世代代传下去。听凡凡说他们班来了一位漂亮的女老师要求全班同学读书立德、读书明理，我想这位刘老师对孩子们的要求和我们家的家训应该是相同的道理，那就是：做个有品德、明事理的人。"

六还是奶奶的博客："民间有句仰脸歌叫'不骑马，不坐轿，骑个毛驴呱呱叫。'我用这句老话要求凡凡不要骑马跑在前面出风头，那样太累，也不要坐轿慢悠悠地落在后头，那样会遭人嘲笑；我要求他只要骑着毛驴走在中间就行了，没有风险。反正凡凡听我的话，他在班里从来不显山不露水，不争什么状元和前三名，当然也不当'拖拉机'落在后面，拖全班的后腿。"

七是孙子的博客："刘老师给我们出了一道命题作文，叫《我的梦想》，那天我不知道如何写这篇作文，总不能说我的梦想就是'骑着毛驴呱呱叫'吧。所以就装病请假回家，问奶奶该如何写。奶奶开导我说：'傻孩子，你就实话实说，你的梦想不是成名成家，也不是做什么大官，你就说你的名字平凡，就是你的梦想，长大后当一个平凡的人。刘老师不是要求你们说实话吗？你怎么当逃兵了呢？这可不像我的孙子。'回校后刘老师也没让我补写，这篇命题作文被我混过去了，至今我也没勇气向刘老师承认这个错误。装病说假话不是诚实的好孩子，逃避作业也不是好孩子，这件事情折磨了我好长时间，在家里又跟奶奶讨论了好几次，我的梦想到底是什么呢？像爸爸那样平平凡凡一辈子吗？那样也太窝囊了！"

八是奶奶的博客："我看出来了，凡凡为找不准自己的梦想十分痛苦，为此，我又给他念了一首从电视上看到的几个打工仔伸长脖子喊出的一首歌：'人生呀，如梦啊！大海呀，茫茫啊！……'凡凡问，奶奶给我念这首歌是什么用意呢？我也说不清楚，没法回答凡凡的问题。兴许这首喊出来的歌与我产生了共鸣吧：为什么现在贫富差距这么大呢？我的头都想疼了，也没想明白。老糊涂了。"

九是孙子的博客："听了奶奶念的歌，我对我的梦想更加模糊了。后来，直到听了刘老师对班上几位同学作文的点评后，头脑才稍稍有一点明白，就是应该像赵强、王华、黄君三位同学那样，长大后选一个自己喜欢又适合自己的职业，做一个对国家对人民，特别是对普通老百姓有用的人。只有成了这样的人，才能有条件孝敬奶奶，不这样的话，只能像我爸爸妈妈那样，在外面打拼整整一年，过新年了，也没拿到一分钱，两手空空回家，还怎么孝敬奶奶呢？"

十是奶奶的博客："为了凡凡的梦想，我又想试着给他讲道理。我对凡凡说，奶奶有养老金，虽然不多，每个月近 3000 元，够我们奶孙俩吃穿花用的了；奶奶还有住的，虽然是老旧小区，只有两小间，可也能遮风挡雨；奶奶还有医疗费和取暖费补贴，不怕生病，不怕挨冻。这就叫'两不愁三保障'了吧？知足常乐，凡凡，不用做梦捡金元宝，也不要做梦当这家那家，更不用做梦当大官做老爷，我的乖孙子凡凡，长大了就是要当一个平凡的懂事明理的老实人。凡凡一定要记住，老实人永远不会吃亏，如果你也像你爸爸妈妈那样，被老赖包工头欺骗了,吃了亏,党和政府会帮助我们讨回公道的。"

十一是孙子的博客:"我奶奶叫我不要和其他孩子比吃比穿和比住，也不和他们拼爹拼娘拼分数。我问奶奶，那我和他们拼什么？奶奶说，拼健康！只拼健康，有了健康的身体就有一切。我说我还要和他们拼奶奶，因为我有个好奶奶。"

……

电视录像到这里结束了。

平凡奶奶问刘老师:"刘老师，你看到我和凡凡的博客觉得好笑吧，要多指点呐！"

刘老师恳切地说:"你们奶孙二人写的博客非常好，给我上了一堂生动的社会现状课。我十分感谢您，感谢您对您孙子平凡又正面的引导与教育。"

平凡奶奶把自己手机打开，找到一条地瓜网发来的短信，让刘老师看短信内容:辛年月女士，你和你的孙子平凡的博客在网上引起强烈反响，至今已有过万人浏览和点评，现把两万元博客稿酬打到你的养老金卡上，请查收后回音。

刘老师看完后，平凡奶奶问:"刘老师，我拿这两

万块钱合法吗？如果不合法，我立马把钱打回去。"

刘老师肯定地回答："辛阿姨，这笔钱完全合法，这是你和平凡的劳动所得，不仅合法，而且理所当然。"

平凡奶奶高兴了："刘老师，你见多识广，有你的这句话我就放心了。只是我不理解，我和凡凡说的这些家常话怎么会值这么多钱呢？比凡凡他爸妈一年的辛劳挣得还要多，还说我们已经成了什么网红了！"

刘老师说："这并不算多，地瓜网拿大头，你和凡凡只是拿了个零头的零头。"说到这里，刘老师喝了一口茶，接着说："辛奶奶，我能问一下，你和平凡的博客是怎么发到地瓜网上去的吗？"

平凡的奶奶说："我哪里知道什么博客不博客的，是凡凡他在互联网上班的表姐有一天来看望我，问我平时都是怎么教育孩子的，我就把你看到的上边这些话说给她听，她走后就把我和孙子拉的这些家常话鼓捣到网上去了。"

刘老师听后明白了，她又问："辛奶奶，退休前您是做什么工作的？"平凡的奶奶说："年轻时我在纺织厂做挡纱工，后来棉纺厂被一个港商承包了，数字织布机代替了老式织布机，大批纺纱女工就失业了。我还好，因为年龄已过 50 岁，勉强够退休的杠，算正式退休，有养老金和这两间福利房。至于那些年轻的女职工，拿着十万元左右的退职补贴，有摆地摊的、当保姆的，还有做缝补的、开美容店的……哎，干什么的都有！"

刘老师又说："辛奶奶，我能给您提个建议吗？"

平凡奶奶笑答："求之不得呢！听凡凡说，刘老师是位女博士，学问大着呢！"

刘老师说："那我就直言不讳了，说错了，请辛奶奶批评。我的建议是今后不要再要求平凡只骑毛驴居中了，他有健康的体格、正直的品质、聪明的头脑，还有一位您这么优秀的奶奶，您大可鼓励他骑上高头大马向前飞奔，平凡一定能有一个美好的前程。这组你们奶孙二人共同写的博客，就是一个极好的证明。"

平凡奶奶说："可我就这么一个宝贝孙子，万一从高头大马上摔下来，怎么办呢？"

刘老师说："人生道路好几十年，谁能保证不摔几个跟头呢？再说了，您也不希望大孙子像他爸妈那样平凡一生吧！其实平凡也不愿自己长大后步他爸妈的后

尘。我说得对吗，辛奶奶？"平凡奶奶说："刘老师说得都在理，不知道凡凡是怎么想的？"

在一旁基本没插话的平凡说："既然奶奶认为刘老师讲得都在理，在骑大马还是骑毛驴的问题上，我听刘老师的。现在我感到特别幸福，因为奶奶是我校外的好老师；校内刘老师是关爱我的好家长！"

听了平凡的这句话，刘老师和辛年月老人高兴地一同说："平凡这孩子其实真的不平凡！"

22

又来
一位女博士

近几年，一股国学热在各大中小学兴起，同学们从中华优秀传统文化中汲取营养，学会了许多做人做事的道理。作为一向走在教学改革前沿的刘丽丽老师自然也不甘落后，于是她便邀请她的同窗师妹，善于讲国学的女博士周晓彤老师，来给五（2）班同学讲《论语》。周博士档期排得满满的，一时无法实现，但刘老师多次向同窗师妹表达了孩子们对国学知识的渴望，禁不住言辞恳切，周博士表示："为了师姐的每周一堂课外知识课的创举，为了孩子，我一定尽力！"于是，她克服困难挤出时间来到了冀庄市红军路小学，学校领导高度重视，热情接待了周博士。同学们听说从北京来了个讲《论语》

的女博士，都很兴奋，想尽快见到女博士的真容。小胖说，女博士一定戴着一顶四方平顶挂穗子的帽子。小强笑他无知，对他说，只有在取到博士学位庆典的仪式上和特殊场合才会戴博士帽。

在同学们的说说笑笑中，女博士周晓彤在刘老师的陪伴下准时走进了五（2）班教室。当刘老师介绍完周博士的简历后教室里响起了热烈的掌声，周博士彬彬有礼地向同学们致礼鞠躬后便正式开始讲课。她首先说："同学们，《论语》共20篇，492章，约15900个字，距今已经有两千多年的历史了，影响可谓长远；如今孔子学院遍布全球，仅在美国就有100多所，其影响可谓广泛。同学们，你们有谁读过或者接触过《论语》的请举手！"

有十几个同学举起了手。其中，赵强和王华也在其列。

周博士点点头说："很好！请把手放下！"

讲到这里周博士接着问："那么谁能解释一下'论语'是什么意思吗？"

话音刚落，就见小胖很快地举起了手说："老师，我认为，论是轮流的意思，语是说话的意思，'论语'就是轮流说话的意思。"

周博士不露声色，继续问："还有其他解释吗？"

有一位坐在后排的高个子同学举手发言说："黄君同学的解释，我认为是不正确的。我认为论是评论的意思，语是语言的意思。所以论语就是对语言进行评论的意思。"

周博士继续问："还有吗？"

这时小华同学举手发言说："我觉得他们说的都不对，我认为所谓论，应该是叙述记载的意思；语是语录的意思，表示《论语》这本书是语录体。回答完毕！"

这时，周博士总结说："首先，给踊跃回答问题的同学点赞，前面两位同学回答的都不准确，是望文生义，后面这位女同学回答正确，提议为这位女同学鼓掌点赞。"

周博士接着问："有谁知道《论语》是谁写的吗？"

只见小胖又迅速举起了手抢答说："这个问题太简单了，当然是孔子写的呗！"说完还得意地环顾了一下四周。

此时，小强同学坐不住了，他说："黄君，你回答的不对……"

小强话还没说完，小胖就反驳说："不是孔子写的，

难道是老子写的？"

小强说："当然更不是！"

小胖问："那你说是谁写的？"

小强回答说："是孔子的弟子们写的。"

这时，周博士用手势制止住两位同学的争论，说："两位同学不要再争论了，时间有限，让我简单地讲述一下吧。孔子生前经常带着他的几个大弟子颜渊、颜回、子贡等，坐着牛车到华夏大地游学，边游边讲，其弟子们边听边记……孔子一贯主张，他'述而不作'意思就是他只口述不动手写，所以《论语》是孔子逝世后由他的弟子和再传弟子通过回忆、收集、整理孔子言论编撰而成的。同学们，我讲清楚了吗？"

同学们齐声回答："讲清楚了！"

周博士说："好，那我请问同学们，有谁知道《论语》告诉了人们什么？"

问题提出后，教室里一片寂静。

周博士引导说："同学们，大胆地说，说错了也没关系。"

这时，小华站了起来回答说："我记得于丹老师撰

又来一位女博士

写的《于丹〈论语〉心得》里写着：《论语》的真谛是告诉大家，怎样才能过上我们心灵所需要的那种快乐生活。我想这就是《论语》告诉我们的道理吧！"

周博士点点头表示肯定，她继续问："同学们，还有别的想法吗？"

教室里仍是一片寂静。

看到再无人回答，周博士说："刚才这位女同学引用的《于丹〈论语〉心得》里的这段话，我有不同的看法，因为孔子一生探索怎样和平与和谐、发展与幸福的道理，所以《论语》内涵极为丰厚，告诉人们的是学做人、学文化、学技艺、学健身、学健心、学交往、学处事、学管理等方方面面的知识和修身、齐家、治国、平天下等的方法。这个问题对你们来说的确有点难，等你们在今后的学习中慢慢体会吧！"

周博士接着说："接下来，我们再讲一讲《论语》中通假字的辨读问题。"

说完，她在黑板上写下了几句话：学而时习之，不亦说乎？有朋自远方来，不亦乐乎？唯女子与小人为难养也，近之则不孙，远之则怨。

周博士问：“哪位同学站起来读读？”

话音刚落，小胖"嗖"一下站了起来，生怕被别人抢了先。他大声念道：学而时习之，不亦说（shuo）乎？有朋自远方来，不亦乐（yue）乎？唯女（nü）子与小人为难养也，近之则不孙（sun），远之则怨。

周博士仔细听小胖读完后对小胖说：“你有四个字没读正确，请问哪位同学能说说是哪四个字？”

这时，高胜站起来说：“周老师，我知道‘说’不念（shuo）而应该念（yue）；‘乐’不念（yue）而念（le），是快乐、欢乐的意思。其他两个字我也没听出来。”

周博士点点头说：“回答正确！还有人知道其他两个字是什么吗？”

教室里鸦雀无声。

周博士看到无人应答说：“好像同学们都没有听出来，这两个字都在第三句里面，属于通假字，那就是女（通汝读 ru），还一个是孙（通逊读 xun），是谦逊、谦虚的意思。”

说到这里，同学们发出了一片惊呼声。

周博士继续解释说：“关于第三句许多人曲解了其语义，其实这句话并非歧视女性，孔子也并非男尊女卑

的始作俑者。要理解这句话，首先得理解'小人'这个概念，论语全篇先后出现了24次'小人'，这些'小人'其实绝大多数可以理解为平民百姓或者庶民，这是相对比大人和士阶层的另外一个阶层。而此处的'养'指的是相处的意思。所以第三句讲述的是相处之道，大概意思是：如果站在男性的角度来说，与女子的关系很难处理好，站在官员的角度来说，与平民百姓的关系很难处理好，因为与他们过分接近了，他们就不知道谦逊，过分疏远了就会怨恨。"

周博士接着说："对《论语》的一些曲解，不得不说'以德报怨'这句话，同学们有谁能说说这句话的意思？"

这回小强不甘落后，站起来回答说："对'以德报怨'，我的理解是别人用不道德的行为对待你，但你仍以道德的方式去对待他。"

周博士答道："这位同学，你的解释代表了大多数人的意思，而实际上孔子的意思不是这样的。请看《论语》里的原文是：或曰，以德报怨何如？子曰，何以报德？以直报怨，以德报德。"

周博士继续说："这段话是什么意思呢？孔子的一

个弟子问他说：'老师，别人打我了，我不打他，我反而要对他好，用我的道德和教养羞死他，让他悔悟好不好？'孔子说：'你以德报怨，那何以报德？别人以德来待你的时候，你才需要以德来回报别人，可是现在别人打了你，你就应该以直报怨，以正直的态度去对待他，不卑不亢，事情该咋办咋办，以一个正确客观的态度去解决。'"

周博士继续问道："有谁听说过'子在川上曰，逝者如斯夫！不舍昼夜'这句话吗？"班长高胜抢答说："就是孔子带领他的几个学生周游列国，当走到一条河边时，他指着河里昼夜不停流动的水，对他的弟子们说：'你们看，时间就像这一刻不停的流水，一分一秒地消失了。'"

周博士说："这位同学说得很好，基本正确，我再仔细地解释一下。孔子在河边感叹道：'时光像流水一样消逝，日夜不停。''逝者'是指流逝的时光；'斯'在这里是指'川'，即河，河流；'不舍'即不停；'如'是像的意思；'昼夜'指白天和黑夜。时光如流水，一去不复返；往者不可追，来者犹可惜。这两句话的文学

气息非常重，《论语》中，最富于哲学意味的也就是这
两句话。

"总之，孔子在用流水做比喻说明时间的重要性，
所以，我们每位同学都还处在少年时期，千万不可认为
自己还有大把大把的时间可以挥霍，其实人的一生相对
短暂，我们一定要珍惜分分秒秒的时间，努力学习，天
天向上，时刻准备着为中华民族的伟大复兴作贡献！同
学们，这句话我说明白了吗？"

周博士讲完后，刘老师对周博士的授课进行了总结。
她说："周晓彤博士用有问有答的形式与同学们进行交流，
这样既通俗易懂，又能启发同学们积极思考，我个人体会，
周博士为我班同学主要阐述了三点：一是了解了《论语》
这部伟大经典著作的巨大历史贡献；二是在普及《论语》
基础知识的同时澄清了一些模糊认识，重点澄清了我们
平时对《论语》的一些断章取义或曲解和误解；三是通
过学习《论语》使我们增强了对中华优秀传统文化的学
习热情。"

最后，刘老师提议全班同学向周博士行少先队队礼，
并选派王华同学作为代表为周博士系上了艳丽的红领巾。

23

书法比赛
争名次

　　为了弘扬中华优秀传统文化，继承中华书法艺术，增强学生对文化自信的理解，红军路小学决定在校园综合楼二层活动室，举办一次由全校学生参加的书法比赛。

　　这项比赛按照一至六年级，分六个级别。五年级六个班组别的比赛规则是：参赛者必须用楷书字体书写，尺寸为四尺对开，书写内容为二十四个字的社会主义核心价值观：富强、民主、文明、和谐、自由、平等、公正、法治、爱国、敬业、诚信、友善。

　　在截止报名的最后一天，小强和小华来到本次比赛的报名处报名。看到报名单上黄君的名字赫然在列，小强和小华感到十分惊讶，小华对小强说："赵强，从来

没见过黄君练过书法，他怎么也报名了？"小强说："我也感到奇怪，不会是捣乱吧！"小华接着说："要不咱们问问他，是不是搞错了？"小强说："别问了，等着让他出洋相吧！看他怎么收场！"说完，两人相视一笑。

小强和小华在三年级时他们的父母就给他们报了课外书法兴趣班。小强一眼就喜欢上了博大壮美、雄伟厚重，素有"颜筋"之称的颜体楷书；小华则更喜欢挺拔劲峭，凌厉劲健，素有"柳骨"之称的柳体楷书。小强和小华经常结伴而行，还经常共同探讨书法学习的感受，交流学习经验，互相品评各自的习作。有一次，放学了，教室里只剩下小强、小华和小胖，小强从书包里拿出自己写好的一幅作品给小华看，内容是"远上寒山石径斜，白云生处有人家。停车坐爱枫林晚，霜叶红于二月花。"小华仔细看完后，谈了自己的看法，她说："整幅作品中锋用笔，写得苍劲有力，具有颜体风范，但是个别字写得笔力不够，有的点画出现了牛头状，撇画出现了马尾状，钩画出现了蜂腰状，还有，谋篇布局不甚合理，字与字之间的距离过密。"小强本想小华一定会夸他一番，没想到她鉴赏水平见长，一口气挑了这么多毛病，脸上有点挂不住，便有点不服气地说："你拿出你的大作我也能给你挑出一堆毛病！"小华见小强有点较真，便自我打圆场说："咱们还处于学习阶段，只要坚持不懈就一定能不断进步！我的习作今天没带，明天请你品评好吗？"小胖在一旁看到两位同学的对话也插不上嘴，自己虽然喜欢书法，但由于家里负担不起高昂的培训费用，无法和他们一起学习，心里很不是滋味，便催促说："你们俩走不走，再不走我走了。"小强和小华见小胖催促赶忙收拾好书包和小胖一起走出了教室。

自从看到小强苦练书法和听到小强和小华的对话后，小胖深受刺激，他想我的基础不比他俩差，校园内摆放的捐款箱上的"爱心捐献箱"五个字，还是我写的呢！我也要学书法，但是他知道跟爸妈要培训费是不可能的，他突然想起了水上公园不是有几个爷爷经常在地上写字，既不用纸、墨，也不用毛笔，只需要一根木棍绑上一块海绵沾着水就可以写字，而且不用交培训费。鱼有鱼道，虾有虾道，猪往前拱，鸡往后刨，各有各招，想到了适合自己的办法，小胖说干就干，一有空就去公园里看爷爷们写地书。有一位孙姓爷爷看到他对地书有

兴趣便主动教他，他便拜孙爷爷为师刻苦练习。在孙爷爷的认真指点下，加上一定要赶超小强的巨大动力，小胖进步神速，字写得有模有样。就这样公园里时常看到爷孙俩练地书的身影，孙爷爷还告诉他，地书虽然和纸书有所区别，但是写字的原理是一样的，你也可以在家里练练纸书，小胖按照孙爷爷的嘱咐也时常在家里用旧作业本练习纸书，慢慢地他的书法技艺有所提高，也让他有了自信。

五年级组的书法参赛作品都被挂在了综合楼二层活动室的西面墙上，共有几十幅。专家评委对所有作品进行了评比，小强、小华和小胖的作品各有特色，得到了评委的一致好评。

小强的字，古朴厚重，大气有力，布局留白章法合理，通篇一气呵成，颇具颜体风范；

小华的字，挺拔劲峭，内紧外松，谋篇布局巧妙精致，神似柳体，颇具柳体风范；

小胖的字，规规矩矩，方方正正，圆圆胖胖，整齐划一，类似广告体，具有现代气息。

最后，经过评比，小强获得了第一名，小华和小胖获得第二、第三名。

可令人没有想到的是，小胖不服气，向评委提出了一个要求，能不能当面比赛写地书？评委觉得好奇就同意了小胖的要求。

书法比赛争名次

小强提出了异议，说："写地书也可以，可哪有写地书的笔？"这时，小胖脸上露出了诡秘的笑容，说道：

"我早就准备好了地书笔。"说完就从墙角处拿出了几支地书笔。小强和小华没想到小胖是有备而来，志在必得，不达目的不罢休。这也解开了他俩长期的疑惑，原来小胖背着他俩时常到公园是去练地书去了，怪不得他敢参加书法比赛，还写得有模有样，竟然进了前三名。

小华和小强虽然纸书具备一定水平但毕竟没有练过地书，与小胖相比自然有所逊色。地书比赛，小胖得了第一，小华第二，小强第三。

在颁奖与接受小记者采访时，小胖说："我纸书第三，地书第一，三加一等于四，除以二等于二，我的总成绩是第二名，小华纸书和地书都是第二，所以我和小华肩并肩。"说完主动站到小华旁边，让小记者帮他们拍照留影。小强眼疾手快，一把推开小胖说："我纸书第一，小华纸书第二，你小胖第三，我们三个颁奖时并排，按照国际惯例我是冠军应该站在中间，小华是亚军站在我左边，你是季军站到我的右边去。"

小胖嘟囔道："那我地书第一就不算数了？"

小强说："算数，怎么能不算数呢？否则，你偷偷在公园练了大半年不就白练了，给你这个地书冠军单独拍一张，好去给你的地书老师报喜！"

三个小伙伴站好位置后，颁奖仪式正式开始了。在给小强颁奖时，评委老师对他说："赵强同学，你的颜体练得不错，已经达到形似的程度，但是书法的最高境界是要达到形神兼备，只要你继续坚持就一定能成功！"在给小华颁奖时，评委老师对她说："王华同学，你已经掌握了柳体挺拔劲秀的精髓，继续刻苦练习一定能学而有成！"在给小胖颁奖时，评委老师对他说："黄君同学，你不简单，通过练地书既省了钱又初步掌握了书法的技巧，一举两得值得点赞！"

颁奖现场响起了热烈的掌声！

赵强、王华和黄君包揽了五年级六个班组别的书法比赛前三名，为五（2）班争得了荣誉，班主任刘老师心中自然十分喜悦，但是她面上不露声色，而是把全班同学集中在一起进行了总结。在提议给为全班争来荣誉的赵强、王华和黄君三位同学热烈鼓掌和点赞后，刘老师说："一是全班同学要向赵强、王华和黄君三位同学学习。前几天，周博士给我们讲解的那句：'子在川上曰，逝者如斯夫！不舍昼夜。'大家一定还记得吧！不

少同学都叫喊着时间不够用，为什么他们三个就有时间呢？时间是挤出来的，是科学合理安排出来的，凡是偷懒的人永远都会觉得时间紧。二是习主席教导我们'要以时代精神激活中华优秀传统文化的生命力，推进中华优秀传统文化创造性转化和创新性发展，把传承和弘扬中华优秀传统文化同培育和践行社会主义核心价值观统一起来。'这次书法比赛我们的书写内容是二十四个字的社会主义核心价值观，这正是响应习主席的号召，把传承中华优秀文化和弘扬社会主义核心价值观统一起来的具体体现。所以，我们要通过书写把这二十四个字的社会主义核心价值观记在脑子里，落实在行动上。三是书法不仅是中华传统优秀文化，而且是一种文字表现的艺术形式，也是中华民族特有的传统文化，我们今天举办书法比赛就是希望越来越多的同学们挤出时间学习书法，把书法这项中华民族独有的优秀艺术传承下来。"

快要下课了，不知道谁突然冒出一句："如画的汉字，被电脑给干掉了，如今弄得不仅是我们小学生，连上中学的那些大哥哥大姐姐们都写不好一手汉字，像虫爬的一样。"大家听了，笑也不是，不笑也不是。

24

公园晨练
"管闲事"

冀庄市的夏季来得特别早，五一过后天气就一天比一天炎热，成了全国新三大火炉之首。小强、小华和小胖三人商量，入夏后每周的周末都一定要早起到小区附近的水上公园去晨练。小强、小华没问题，但小胖说，他每天要帮助爸爸妈妈料理小吃店，尽力减轻爸爸妈妈的劳动强度，不能和他们一起去。小强和小华觉得小胖说的也有道理，不便勉强。但小胖父母听说后，坚决不让儿子帮助他们干活，让小胖一定要和小强、小华一道去公园晨练，并对小胖说："看你那一身胖肉，再不坚持锻炼，不坚持减肥，长大后不要说入伍当兵，就连对象都找不到。"小胖说："帮你们干活，也一样能减肥。"

小胖妈用手拍了拍儿子的胖肚子装着小华的腔调，童声童气地说："傻黄君，锻炼与干活之间是不能画等号的！"小胖妈妈把小华的语气学得惟妙惟肖，把小强三人和小胖爸爸都逗乐了。

一个周末的早晨，太阳刚从东方升起，小强三人便来到水上公园，先在健康步道上快步走两圈，合计4000米。之后，三人便根据自己的爱好和各自的实际情况分开活动，小强做体型操，小华练跳绳，小胖则练哑铃和做俯卧撑。

运动量饱和后，小强、小华和小胖看到公园里男女老幼都是一副幸福愉快的表情，有的打太极拳，有的打羽毛球，有的踢毽子，有的跳集体舞，有的练地书，还有的唱戏吊嗓子……真是五花八门，各得其乐，好一派幸福美好欣欣向荣的和谐景象啊！

但在和谐的自然环境中，小强他们也发现了不和谐的人和事。例如，有一个成年人把一棵松树的斜树枝当做单杠，在那里练引体向上，"爱管闲事"的小强三人走过去，首先向那位成年人敬了一个少先队队礼，之后说："叔叔早上好，你把树枝当单杠似乎不妥，公园东

南角有健身器材区，请你到那里练引体向上可好？"那个成年人见是三个乳臭未干的孩子多管闲事，未作回答，抓住松树干继续引体向上。小强又说："叔叔，这是公共财物，我们人人都有保护的义务。"成年人见三个小家伙盯住不放，一会儿又引来几位围观者，终于难为情地离开了。

小强在公园里又劝阻了几个把孩子抱在公园雕像上拍照的家长，他们的举动受到部分晨练者的支持与点赞。

突然，小强他们又发现了在健康步道上走路的人群中有两个穿着短裤、赤着上身的"膀爷"，实在刺目，与和谐的人群显得格格不入。于是小强又上前拦住了两位"膀爷"，仍然是先敬个少先队队礼后说话："伯伯们好，能否请你们穿上衬衣走路，你看这么多男女老幼，就你们两位光着膀子，实在不雅观。"两位"膀爷"对小强横眉冷对，不予理睬，可小强三人紧跟不舍，继续劝阻，终于招来了公园的安保人员，安保人员先是表扬了三位"红领巾"做得对做得好，之后便挡住了两位"膀爷"指着入园须知公牌对他们说："第三条明示，公园

禁止穿着不雅者入内。"两位"膀爷"仍然不服，强词夺理说："公园——公园，凡是公民都有权利来去自如。"安保人员回答："公园是公共场所，就像公共场所禁止吸烟一样，这里也禁止光膀子的人自由出入。难道你们三四十岁的大人，还不如十多岁的小学生吗？"在众目睽睽之下，两位"膀爷"终于理屈词穷，不得不把拿在手里的衬衫穿上了。小强三人带头善意地鼓掌，对两位"膀爷"知错改错、纠正自己不文明行为表示真诚的点赞。

在公园门口的一个座椅上，他们看到一位七八十岁的老太太往自己的塑料袋里装空饮料瓶，他们很好奇，便上前询问："老奶奶，你捡这些空饮料瓶是卖的吗？"老奶奶回答："是呀！"小华坐到老奶奶旁边，一边帮她整理一边问："这空瓶能卖多少钱一个？"老奶奶回答："5分钱一个。"小胖、小强听后很惊讶，问小华："你帮奶奶数一数，她今天一共捡了多少个？"小华数后说："不多不少，合计50个。"小强略加思索，自言自语道："50个空瓶，5分钱一个，总共才能卖2.5元钱。"之后便和小胖、小华商量，决定把他们每人身上带的5元早点钱捐赠给老奶奶。小华把三个人的15元钱恭恭敬敬

公园晨练"管闲事"

地放到老奶奶手里，对她说："奶奶，这是我们三人对你的一点孝心，总共15元钱，相当于您捡了300个空瓶。所以，奶奶，我们希望您能休息几天，好吗？"

老奶奶把15元钱推回到小华手里说："如果我没猜错的话，这是你们的爸爸妈妈给你们的早点钱吧？"顿了顿，老奶奶又说："真是三个有同情心的好孩子。不过你们误会奶奶了，奶奶有养老金，不愁吃穿。我之所以来捡这些空瓶，一是为了净化环境；二是为了废物利用；三是为了活动活动我这把老骨头；四是为了卖点钱

救济有困难的穷人。"小强三个人恍然大悟，站好队，一齐向老奶奶敬了一个少先队队礼，大声说："向雷锋奶奶学习！"老奶奶说："中国的前途握在你们这一代小雷锋手里。"小强回答："我们一定不辜负奶奶对我们的期望，祝奶奶健康长寿！再见！"奶奶十分高兴，挥手对小强他们说："谢谢！再见！"

告别了捡空饮料瓶的老奶奶后，小华说："今天晨练，我们的收获不小，一是锻炼了身体；二是管了几次'闲事'；三是老奶奶给我们上了一堂生动的学习雷锋精神的课，你们想那位慈眉善目的老奶奶都七八十岁了，还坚持学习雷锋精神，和她相比，我们还差得很远呢！"小强和小胖都说，小华总结得真好，人又漂亮，将来长大了肯定又是一位刘丽丽老师。

小华见这两位好同学把自己和刘老师相提并论，心中像吃了冰激凌一般舒坦，但脸上却装作生气地说："给你们俩说正经的，你们俩拿我开涮，我不理你们了！"

小强是调皮捣蛋的高手，脑子又转得快，赶紧给小华敬了一个队礼说："小华同学，我们错了，向你道歉！"

小华问："你们错在哪里了？"

　　小强对小胖做个鬼脸说："我们错在，不应该说你和刘老师一般漂亮，应该说你和贾雪梅主任一样有'风度'。"话音未落，小强和小胖已经笑弯了腰。小华再次受到"攻击"，追打两个调皮鬼，小强跑得快，小华追不上，只追上了小胖，并用一双小拳头在小胖的背上狠狠地捶了一通。小胖不但不躲，还说真舒坦。

　　这样一来，小华觉得又吃了一次亏，故意嘟着小嘴说："你们两个坏蛋，再也不陪你俩玩了。"

　　小强、小胖见小华真生气了，赶紧过来哄她，不一会儿，三个孩子就和好如初了。

25

巧遇
活雷锋

　　周末放学回家的路上，小强，小华和小胖看到一位年轻妇女怀里抱着一个两三岁的孩子，背上挎着一个沉重的包袱，在人行道上艰难地行走。她东张西望，漫无目的，满面愁容，面露无助，看得出她对城市的环境很不熟悉，也很不适应。

　　六月的天气，说变就变，刚才还是晴天，一阵大风吹过，突然就下起了瓢泼大雨。此时此刻，抱着孩子的妇女更加不知所措。小强、小华和小胖正要上前帮忙时，只见一中年男人迅速跑过来为她们母女二人撑起了一把伞。

　　小强说："看来还是好人多呀！"小华点头表示赞同。

　　不料，小胖却提出了不同看法，他说："我看这男的五大三粗、贼眉鼠眼、不怀好意。"

小强反驳："说话要有根据，黄君你凭什么得出这个结论？再说，他也不是贼眉鼠眼的，倒是很端庄。"

小胖说："凭直觉，我看这个家伙可能有三个企图：一是他看这位年轻母亲长得周正漂亮，想占她便宜；二是他想抱走她的孩子，是个人贩子；三是他看中了她包袱中的钱财。"

小强坚决否定："你这都是凭空猜测……"

见赵强和黄君争论不休，王华说道："请二位男生停止打嘴仗，好不好？有道是没有调查就没有发言权，反正今天是周末，刘老师留的家庭作业也不太多，我们不妨悄悄跟上，看个究竟。二位意下如何？"

小强、小胖见小华说的有道理，异口同声地赞成小华的提议。于是他们如三个"小侦探"，不远不近地一直盯着那位中年男人的一举一动。

不一会儿，那位打伞的男人看到年轻妇女似乎实在走不动了，便把她身上的包袱取下，自己一边替那母女俩打着伞一边把包袱背在自己肩上。

看到这个举动，小胖又发言了："看看，怎么样？

我说的没错吧？好戏就要开场了。"

小强说："我们继续观察，如果他真的心怀歹意，我们就立即报警。"

……

雨停了，那个男人收起雨伞，又把年轻母亲的孩子接过来，抱在自己的怀中。

此时，小胖不淡定了，他说："不好，那个歹徒果然是个人贩子，如今拐卖小孩的人贩子可猖狂了！"

小华制止小胖说："先别大声嚷嚷，让我们观察观察再说！"

不多久，那个男的竟把年轻母亲和她的孩子领到了附近一家小旅店中……

此时，小胖已经控制不住自己的情绪了，说："赵强、王华，我们不能再等了，快报警吧，不然那个歹徒就真的要得手了！"此时此刻，小强也开始有些相信小胖的判断了，但王华十分淡定，依然坚持看看再说。

三双警惕的眼睛，盯着那个被小胖认定为歹徒的男人。只见他掏出钱包，帮助遭难的母女二人支付了住宿费，安排在小旅店暂时住下，又掏出自己的手机，帮助

巧遇活雷锋

她们联系上了家人，然后才拿着雨伞默然地离去。那位年轻妇女数次问恩人的姓名，可那位做好事的先生，除了"应该的，应该的"三个字外，其余什么也不说。

小胖傻眼了，小强悬着的心放下了，小华此时说："我说怎么样，看事物不能只看表面，更不能主观臆断，一定要调查清楚真相后再下结论。我在《每周人物》杂志上好像看过这个人的照片和他学习雷锋做好事从不留姓名的先进事迹。如果我没记错他的名字，他应该叫周爱锋。"

小胖说："你不是看走眼了吧！哪有这么巧的事，一个当代活雷锋，竟让我们给碰上了？"

小强似乎想到了什么，说："王华你可不地道，你既然看到过这个人，为什么不早告诉我们，让我们提心吊胆好半天！"

小华说："我也不敢肯定一定是他。"

小强说："我们上前问一问不就全清楚了。"

小华却说："我们直接问他，恐怕他不会说的，我有办法了，看我的。"

只见小华快步走到那位男士身后，突然大声叫了一声："周爱锋叔叔，快帮帮我，我的脚崴了，走不了路了！"

　　果然，那位被小胖认定为歹徒的男士听到小华求救的呼叫声，立即转过头大步来到了小华的跟前。

　　小强、小胖和小华都乐了……

　　"你们三个小家伙，玩的什么名堂，你们是怎么知道我的名字的？"

　　小华说："您在《每周人物》杂志上的事迹我们都阅读过了。您每月都以'帮大叔'的名义为一名大山里的贫困孩子寄去一百元钱资助其完成学业，十几年如一日从未间断，直到那个孩子考上大学，后来这名大学生非要找到这位'帮大叔'，在各种媒体的帮助下，通过人肉搜索才找到了您。面对各大媒体的'长枪短炮'，您只是简单地说了一句'力所能及的小事不足挂齿'。后来不管哪家媒体的记者来采访，您都一律拒绝了。还有您在乘坐 1 路公交车时，看到了一个小偷正将黑手伸向一位农村老太太，您毫不犹豫地制止了小偷的行为。刚下车就感觉眼前一黑，由于您挡了小偷的财路，几名小偷对您下了黑手，好心人把您送到附近医院，您醒来后，您的家人劝您再也不要管闲事了，您却说：'下次

YAN
LI
DE
靓丽的
红领巾
HONG
LING
JIN

遇到还要管，见一次管一次，如果人人都不管，那小偷岂不是更嚣张了，正气就被邪气压倒了。'令人更为惊奇的是就在您正准备出院时，居然在医院的过道里遇到了在公交车上您帮助过的那个老太太，她也认出了您，看到您受伤的样子，她'扑通'一声跪倒在您面前，声泪俱下地说：'你可是俺的恩人，要是没有您，俺身上的救命钱被小偷偷去了，俺老伴的手术就无法进行，是您救了俺一家呀！'您了解了老太太的情况后，赶忙扶起老太太，还把身上仅有的几百元钱又递给了她，还没等她反应过来您就转身离去了，老太太手里攥着钱，不住声地念叨：这真是活菩萨、活菩萨……"

说到这里，小华问道："我说的这两件事是不是事实？而且，今天您的行为我们三个人也都目睹了。"

周爱锋看着三位"红领巾"微笑着说："不像媒体说的那样夸张！如果你们没有什么需要帮助的我就走了。小朋友们，再见！"

望着周叔叔远去的背影，小胖说："真没想到，原来新时期的活雷锋就在我身边！"小华说："你们俩，真是以小人之心度君子之腹，差一点就把一个活雷锋当成了好色鬼、人贩子和小偷！"小强打断小华说："看来雷锋精神什么时候也不过时，这个周叔叔确实值得我们学习！"

周一上学后，小强、小华和小胖把遇见活雷锋的事向刘丽丽老师做了汇报，刘老师听后便在五（2）班召开了一堂特殊的班会，由赵强、王华、黄君三位同学讲述他们了解的周爱锋叔叔学习雷锋做好事不留名的事迹，使全班同学受到了一次精神洗礼。

最后，刘老师总结了三点："一是雷锋精神往小处说就是做好事，帮助别人，奉献爱心，往大处说就是全心全意为人民服务；二是毛主席题词'向雷锋同志学习'，习近平主席就'学习弘扬雷锋精神'又多次作出重要指示，强调'要从娃娃抓起，让雷锋精神在全社会蔚然成风，世世代代弘扬下去'，我们要做雷锋精神的接班人；三是我倡议咱们五（2）班要力争成为全校学习雷锋精神的标兵班。"

下课后，高胜同学拉着小强等三人，有点不服气地问："怎么好事、巧事都让你们碰上了？有什么经验也同我们分享分享。"小华脑子灵活，嘴又不饶人，她说：

"你是大班长，又是未来当高官管大事的料，我们这几个小民怎么敢在关公面前耍大刀？"高胜被小华呛得无法回答，脸上一红一红的，讨了个没趣儿讪讪离去了。

26

大考前的
劳动课

　　这学期的课程如期结束，进入了复习梳理阶段，全校的任课老师，特别是班主任一个个都铆足了劲儿，按照"临阵磨枪不快也光"的习惯思维，相互争夺课时，要求同学们加倍努力，迎接年度升级总考，争取最佳成绩。唯有五（2）班班主任刘丽丽和任课老师们不慌不忙，泰然处之。其实，这个升级总考对五（2）班来说，称得上是一次大考，因为它关系到刘丽丽以减负为抓手的教改试验的成败，所以最紧张备考的应该是五（2）班，可是谁也没料到，刘老师把大考前的下午课时全部安排为劳动课。

　　五（2）班的劳动课在下午如期进行，全班同学穿

大考前的劳动课

着漂亮的校服，系着鲜艳的红领巾，在班长高胜的带领
下排着整齐的队伍，向友谊公园进发。这支朝气蓬勃的
队伍，招来众多市民亲切好奇的目光，这大热天的，这
群可爱的"红领巾"要干什么去呢？

到了目的地，公园绿化工人万师傅已经站在公园健
康步道旁一棵大树的阴凉下等候同学们了。有的同学急
不可待拿起工人师傅事先准备好的刷子，沾上石灰水就
要往树干上刷，万师傅说："同学们，先别急着干活，
我先给你们普及一下基本常识，再给你们讲讲操作方法
和注意事项后再干也不迟。"

刘老师让班长高胜把同学们组织起来围成了一圈，

万师傅站在中间，他首先问道："有哪位同学知道给树刷石灰水有什么用处吗？"

有的同学说："为了好看。"

有的同学说："不生虫子。"

有的同学说："防止有人破坏树木。"

……

万师傅说："你们的回答，都有道理，但还不够全面。首先，石灰具有一定的杀菌、杀虫作用，可以杀死寄生在树干上的一些越冬的真菌、细菌和害虫；其次，由于害虫一般都喜欢黑色、肮脏的地方，不喜欢白色、干净的地方，树干涂上了雪白的石灰水，土壤里的害虫便不敢沿着树干爬到树上来捣蛋；第三，冬天，夜里温度很低；到了白天，受到阳光的照射，气温升高，而树干是黑褐色的，易于吸收热量，树干温度也上升很快。这样一冷一热，树干容易冻裂。尤其是大树，树干粗，颜色深，而且组织韧性又比较差，更容易裂开。涂了石灰水后，由于石灰是白色的，能够使40%~70%的阳光被反射掉，因此树干在白天和夜间接受的温度相差不大，就不易裂开。"

　　听了万师傅的讲解，同学们都惊奇地瞪大了眼睛，异口同声地说："哇！真是长见识了，给树干刷石灰水，原来有这么多知识和道理！"

　　接着，万师傅又对如何按照比例配置石灰水、如何拿刷子、刷到什么样的高度等进行了详细的讲解，还一再嘱咐，石灰水具有腐蚀性，同学们千万注意不要洒到手上、身上的任何部位，以免被烧伤。

　　最后他说："你们今天的劳动任务就是给健康步道左侧的梧桐树换上新装。"

　　万师傅讲解完毕后，全班同学分成三组，第一组负责第一道工序，按照万师傅提前画好的高度，给每棵大树刷上白石灰水；第二组负责第二道工序，紧挨白色石灰水上方，用万师傅勾兑好的红色涂料给大树刷四厘米宽的红色腰带；第三组由赵强、王华、黄君、金鑫和平凡组成，在每一棵大树的白色新衣上写宣传标语，标语共五幅。赵强写第一幅：花草树木是人类的朋友；王华写第二幅：一年育草，十年育树，百年育人；黄君写第三幅：我们和小树一同成长；金鑫写第四幅：爱护花草树木，人人有责；平凡写第五幅：向绿化工人致敬！

明确分工后，三个小组在万师傅等绿化工人的指导下，争先恐后地干了起来。刘老师和高胜各带一名同学作为机动队员，前后照应，看到哪道工序进度缓慢，他们便上前支援，确保三道工序有条不紊地密切配合。

干了一个多小时，同学们都累出了一头汗水，但个个脸上都闪露着劳动光荣的喜悦。这时候，公园管理办公室陆主任带领几位叔叔阿姨抬来了两大桶绿豆汤，陆主任让刘老师把孩子们都叫过来，喝一杯去暑的绿豆汤，休息一刻后，再接着干。刘老师说："谢谢陆主任，谢谢工人师傅们。你们考虑得真周到，估计同学们此时此刻也口渴了。"

陆主任说："不谢不谢，应该的。孩子们都还小，天气又这般炎热，幸亏步道两旁的大树可以遮遮阳光，否则的话，我真担心把孩子们晒坏了呢！"

在陆主任和刘老师交谈之际，班长高胜用哨音把全班同学集中过来，有礼貌地从叔叔阿姨手中接过一杯一杯清爽可口的绿豆汤，小胖黄君渴坏了，一口气喝了三杯。一位阿姨见状对小胖说："慢慢喝，别着急，人人都管够。"小胖用手抹了抹嘴，笑着对那位阿姨说："阿

姨，你不知道，因为我胖，比谁都口渴得厉害，刚才我边干边想起了'望梅止渴'的成语，心里说了好几遍望梅止渴，但是不管用，口中总也聚不到一点口水。阿姨，你们这叫雪中送炭呀！"大家听后都哈哈大笑。平凡同学说："小胖同学，你这成语用的也太不是时候了。如果阿姨这时候真的端了一盆炭火，那不成火上浇油了。"见一向少言寡语的平凡突然将了自己一军，小胖极为不服地问："那你说该用什么成语？"平凡说："当然是'久旱逢甘露'，或者是梁山好汉的头领'宋江——及时雨'了。"听了平凡的回答，同学们都一愣，一双双小眼睛里都有一个大大的问号，好像不认识平凡这个人了，只有王华不感到惊讶，因为她已经从刘老师那里知道了平凡蹿红地瓜网的故事，但她并不点破，只是话中有话地说："这叫真人不露相！"

喝足了绿化工人师傅准备的绿豆汤，说说笑笑中，同学们又热火朝天地干了一个课时，提前完成了预期的任务，为健康步道左侧的 50 棵梧桐树都换上了新装。梧桐树像一排身穿白色工装、系着红色腰带的哨兵，整齐地站立在健康步道左侧。同学们看着自己的劳动成果，都十分自豪，公园里的游客也都为这群热爱劳动的"红领巾"竖起了大拇指。

劳动课结束了，在高胜集合队伍往回走时，两只花喜鹊落到梧桐树枝头翘尾点头向五（2）班的孩子们喳喳鸣叫，平凡看后即兴发挥说："刘老师，你看喜鹊报喜来了，明天学年大考，我们班一定能考出好成绩！"刘老师未置可否，只在心里想：看样子，平凡真的已经从毛驴背上下来，就要跨到快马的背上了。

五（2）班全体同学安全返校回到教室，一个个东倒西歪感到很疲惫。当刘老师问"同学们，累不累"时，全班同学又都一下子振作起来，齐声响亮地回答："不累！"

刘老师笑了说："假话，到底累不累？"全班同学又一起拉长声音回答："累！"刘老师说："这就对了，说实话才是好孩子，炎热的下午干了两个课时的体力活，说不累是假话。"顿了一下，刘老师接着说："我们班今天安排这次劳动课有两个目的，第一个目的是让同学们体验累的感觉，做一个热爱劳动、崇尚劳动、尊重劳动的新时代好少年；第二个目的还是让同学们有累的感觉，以便睡个好觉，迎接明天的学年大考。我再讲几句后，

同学们尽快各自回家，首先冲个澡，然后把晚饭吃饱、吃好，比平时早点上床，保准大家一觉睡到天明。早上起床后，体力充沛，精神饱满，思维倍加活跃。至于明天大考的注意事项，我只说三个'心'，平常心态，放松心情，必胜信心。下课！"

……

不出刘丽丽老师所料，第二天语、数、英三门课考完后，五（2）班同学们个个自信轻松。两天后，全校考试成绩公布，五（2）班获全校第三名。在语文、数学、英语三门课学年考试之前，体育、美术、音乐的考试都已提前结束。五（2）班体育成绩居全年级首位，全部及格过关，其中三分之二优良；美术课、音乐课也都取得了优异的成绩，特别是王华的《小小眼镜满课堂》《沉沉的书包压弯腰》两幅写实儿童画，被刊登在《九州美术》杂志封底，并获该杂志第十届"美丽九州"大奖，轰动全校。令人意外的是有未来高考状元荣光荣保底的五（1）班语、数、英三门课的成绩全校倒数第一。因为荣光荣在考第一门语文时，考试刚开始他就晕倒在考场上，被送去医院抢救了。他的三门课总成绩由期中考试的309

分降为了零分,成了名副其实的五（1）班"保底状元"。五（1）班体育、美术、音乐的成绩更是让人大跌眼镜,全班百分之五十的同学都戴着近视镜,体育课有四分之一不及格,一大半人不会画画,字也写得像虫爬一般,还有一大半同学竟然不认识简谱。

　　各门成绩五（1）班和五（2）班相比,立见高下,面对此情此景,荣光荣母亲傻眼了,所有想看五（2）班和刘丽丽老师笑话的人都傻眼了!

27

刘老师的课堂婚礼

一个学年就要结束，快放暑假了。今天是五（2）班领成绩单的日子，刘老师化了淡妆，着一身与平常教师职业装不同，透着柔和光泽的粉色上衣和白色长裙，其美丽端庄让全班同学眼前为之一亮。令同学们疑惑是，体育老师马达和刘老师并肩站到了讲台上，到任不久的新校长、几位校领导和代课老师也都坐在了最后排的临时加座上。这是什么意思呢？是校领导集体来听课，考察刘老师的教学呢？还是来听马老师的体育知识课呢？当同学们交头接耳、议论纷纷时，刘老师开门见山地宣布，今天是她和马老师喜结良缘的结婚庆典，特邀朱校长和林夕主任等几位校领导、代课老师和全班同学来见证，并为她和马老师祝福。同学们惊呆了，刹那间又沸腾了，纷纷向刘老师和马老师祝贺新婚大喜。这个说，祝刘老师和马老师和和美美、幸福多多；那个说，祝刘老师与马老师天长地久、白头偕老；这个说，祝刘老师和马老师的感情深如海洋与日月同辉；那个说，祝刘老师和马老师心心相印、牵手到永远……全是大人说过的喜庆话。

正当同学们争先恐后地为两位新人真诚祝福之际，黄君同学突然站起来说："你们的祝福都大同小异，或者叫千篇一律，我有一个大胆的祝福……"说到这里，小胖吞吞吐吐，欲言又止，全班同学都催他快说，问他有什么大胆祝福，不会是什么村言粗语吧？听到这句诘问，小胖不乐了，冲口而出："我祝刘老师和马老师早生贵子！"

刘老师多少有些羞涩，笑着表态了，她说："黄君同学的祝福很好，我和马老师乐意接受，并对他的祝福表示感谢。我和马老师计划尽快给同学们生一个小弟弟或者小妹妹。"刘老师话音未落，班里的笑声、掌声和议论声混成一片，喜气洋洋，把祝福推向了第一个高潮。

刘老师的课堂婚礼

德籍英文老师艾德华从后排站起来，大声宣布："我也是刘老师的追求者，现在我宣布，我和马达老师的竞争，我是失败者，马老师抱得美人归。首先，我要祝贺马老师的胜利，同时还要祝福刘老师和马老师白头'楷'老！"艾德华这位英语外教老师风趣幽默，他半生不熟的汉语时常会逗得五（2）班孩子们大笑，这次他的祝福又用错字了，金鑫同学站起来笑着纠正说："艾德华老师，你把'白头偕老'说成'白头楷老'了，'偕'是共同生活的意思，'楷'是楷模的意思。不过没关系，一位外籍老师用错了一两个汉字很正常，我作为一个中国学生，还把'肄业'说成'肆业'了呢！"

艾德华老师听了金鑫同学的指正，一面表示感谢，还一面辩解，他说："我把'偕老'说成'楷老'也没错，我是祝刘老师和马老师共同生活到白头，成为天下夫妻的楷模！"听了艾德华老师的自辩，全班同学又是满堂哄笑，平凡同学站起来说："艾老师，你这是诡辩。"艾老师听了又故作不解地问："怎么？我又一下子变成'鬼'啦？"平凡说："我说的'诡'不是你说的'鬼'，我这个'诡'是狡辩的意思，你那个'鬼'是鬼神的'鬼'。"

　　艾德华老师和两位小同学一来一往逗乐子，教室里热闹极了。此时，一位送餐小哥给每位同学、校领导及老师送来了印有红双喜字样包装精致的五色果冻，包装盒上竟然还印有"人民小吃店制作"的字样，又给了大家一个惊喜。同学们一边品尝着二位老师的婚礼喜品，一边议论猜测是不是黄君早就知道刘老师要举行一场课堂婚礼，不然为什么刘老师的喜礼会是他爸妈"人民小吃店"制作的呢？黄君说："冤枉冤枉，我只知道爸妈店里增加了一个甜蜜蜜果冻制作间，绝不知道刘老师会到人民小吃店去订制。不过，话又说回来，刘老师如此照顾我家小吃店的生意，这是我家'人民小吃店'的幸运！"

　　此时，刘老师为黄君作证说："这果冻是我让马老师到'人民小吃店'订制的，黄君同学确实不知情。"

　　市局派来的朱彤校长和林夕主任向刘马二位老师送上了热情祝福，并对这场特殊婚礼和一对新人进行了真诚表彰：两位新人这场特殊的婚礼为我们开了一个新风尚，一不铺张，二不随俗，三不收礼，四不休婚假，值得大力提倡。

　　婚礼结束前夕，由王华提议把"生日祝福歌"改为
"新婚祝福歌"，全班同学、代课老师和校领导站起来整
齐拍手，齐声合唱："祝你新婚快乐，祝你新婚快乐……"
刘马二位老师十分动情，手拉着手，高高举起向同学们
和校领导鞠躬致谢。刘老师说："我们为什么不请婚假
呢？首先明天是这个学年的最后一天，全校举行大联欢，
之后便放暑假了，我们有足够的空闲时间作为婚假；其
次最重要的是，我和马老师认为，世界上最动听的声音
就是孩子们的读书声，最灿烂的花朵就是孩子们的笑脸。
我们每时每刻都离不开可爱的孩子们。暑假期间，我和
马老师大部分时间留在校内，同学们，如果有兴趣，欢
迎回校与我们一同玩耍！"教室里响起了长久热烈的掌
声，全教室的人都和刘马二位老师一样动情。

　　朱校长再次站起来说："同学们，请安静，我想借
刘老师和马老师的婚礼说两句婚礼之外跑题的话。对于
刘丽丽老师，同学们是十二分的尊敬，但你们不一定知
道刘老师还有许多令人敬重的经历，因为她一再请求校
方不要宣扬她光彩照人的学习历程。我想，现在告诉同
学们不但无妨，而且恰逢其时。因为，习近平主席说，

要帮助孩子们扣好人生第一粒扣子，快乐成长做新时代好少年，关键在老师，而你们就摊上了刘丽丽这么一位好老师。刘老师毕业于首都华师大学，不仅颜值出众是全校公认的校花，而且学习成绩很突出，又是一名学霸。在她读完博士获得博士学位后，校方领导再三挽留她留校任教，可她坚持要到小学去，在最基层教书育人，实践她的以'让孩子们快乐成长'为主旨的教学理念，最终她选择了我们红军路小学，成了你们的班主任。这是我们学校的光荣，也是你们全体同学的幸运，同学们，你们说是不是？"

全班同学齐声回答：“是——"

刘老师说：“朱校长，您再说下去，我就无地自容了。"

朱校长说：“好，我不再为刘老师点赞了。只想再说最后一句：'我们的基层教育问题很多，最突出的一点就是孩子们的负担太重，刘老师以此为突破口，从孩子们的书包重量做起，向校方明确提出建议：一二年级的书包在三公斤以下，三四年级的书包在四公斤以下，五六年级的书包在五公斤以下。从表面看，减轻同学们书包的重量很平常，但非常管用有效，不仅实实在在地减轻了同学们的课外家庭作业和种种补习班的负担，还实实在在地保护了同学们的身心健康和自主选择权。总之，刘丽丽老师是一位勇于担当的基层教育改革的领跑者、创新者。我告诉大家一个好消息，市教育局决定，从下学期也就是你们升入六年级开始，市教育局就要把刘老师的教学理念和教学方法从五（2）班扩大到全校和全市加以试验推广！"

朱校长带来的关于刘老师的信息，把刘老师和马老师的婚礼再次推向了高潮。在班长高胜"全体起立，向刘老师和马老师致敬礼"的号令下，全班同学站起来，向二位老师齐刷刷地行少先队队礼，二位老师也手牵着手，深深鞠躬给同学们还礼。这时候，小强、小华、小胖等同学清清楚楚地看到刘老师的双眼里闪烁着无比喜悦的泪花，泪光中映衬着同学们脖子上的红领巾格外艳丽！

28

全校文体大联欢

　　红军路小学还有一个传统，每个学期的最后一天都要在操场上举行全校文体大联欢。因为时逢盛夏，天气炎热，为保护全校的孩子们免受日晒之苦，联欢会定在早晨八点钟准时开始。天公作美，当日多云，还有清凉凉的东南风，孩子们有福了！

　　大联欢由马达老师主持，朱校长宣布大联欢开幕后，由第一阶段的文娱节目打头阵，有的班是诗朗诵，有的班是"三句半"，有的班是女生小合唱，还有的班是语言类节目小品与相声，每个节目各有特色，一个比一个精彩。老师和同学们，还有部分学生家长都看得很投入，当舞台上出现了自己班上的节目和有自己孩子参演的节目时，其班主任和学生家长都会格外集中精力观看和大声叫好，使劲鼓掌。

大联欢文娱节目的重头戏是红军路小学少儿合唱团演唱的《我们是新时代好少年》，由音乐老师苏美英作词、谱曲、指挥，校少儿合唱团里有五（2）班的王华、李莉、平凡和"发动机"四位同学。随着苏老师指挥的手势和配乐声响起，校少儿合唱团的几十名孩子稚嫩、嘹亮、动情的声音便在操场上空回旋飘荡：

我们是新时代好少年，中国梦牢记心间。爱党爱国，爱学爱玩，健康成长，坚定信念。幸福生活乐无边。

我们是新时代好少年，中国梦牢记心间。德智体美全面发展，热爱劳动，身手不凡。幸福生活乐无边。

我们是新时代好少年，中国梦牢记心间。迎着朝霞，勇往直前，步履坚定，不怕困难。幸福生活乐无边。

我们是新时代好少年，中国梦牢记心间。不忘过去，继往开来，展开双臂，拥抱明天。幸福生活乐无边。

少儿合唱团的这首振奋人心的《我们是新时代好少

全校文体大联欢

年》的最后一个音节落下，全场师生叫好声鼓掌声响彻云霄！文体大联欢出现了第一个高潮。

　　主持人马达老师说："校少儿合唱团给我们献上了如此优秀的节目，既然是师生大联欢，老师也应该有一个节目，下面由艾德华老师和我代表全校老师献给同学们一个文体结合的小节目——'飞去来'。"话音未落，艾德华老师已经把第一个"飞去来"甩了出去，"飞去来"飞到操场中间又飞回到艾德华老师手中。接着，马达老师也甩出去了一个"飞去来"，同样在操场半空绕了一个弯也飞回到马老师手中。在同学们的欢呼声和掌声中，艾马两位老师把各自手中的三个"飞去来"一个接一个地甩了出去，"飞去来"上都带有哨音，六个"飞去来"来回穿梭，发出响亮悦耳的哨音。同学们的欢呼声一浪高过一浪，在不停地叫好声中，六个"飞去来"在马艾两位老师手中相互交换、接应和甩出，精彩极了，更加神奇的是，最后都飞到了刘丽丽老师手中，同学们都兴奋异常地站起来了。刘老师也不含糊，从舞台左侧老师就座区里大大方方地走上舞台，站在马艾两位老师中间，大声对同学说："同学们，我给你们变一个小魔术，把'飞

去来'变成'勇往直前'。"话音刚落,她已把第一个"飞去来"甩到了一年级片区,之后又把手中其余五个"飞去来"甩向二至六年级的片区,不偏不倚,每个年级一个。

巧合的是,五年级片区里的"勇往直前"落到了吴若若手中,吴若若激动不已,站起来大声向刘老师高喊谢谢,并说:"从今以后我再也不当弱者了,我要勇往直前!"说着说着吴若若流下了热泪,坐在他旁边的黄君劝他:"刚刚还说不当弱者,怎么哭起来了?"吴若若用手背抹去泪水又笑了,说:"谁哭了?我是高兴的!"坐在另一旁的未来大作家张文博说:"这就叫吴若若变强大,勇往直前不害怕!"

主持人马达老师宣布,第一阶段文娱乐节目至此结束。第二阶段是体育舞蹈比赛,通过筛选,只有三个班的节目进入了最后的决赛:一个是五(2)班的"少年蹦哒哒",一个是四(2)班的"少年国标舞",第三个是六(2)班的"少年街舞"。

这是今天文体大联欢的重头戏,也是整个联欢会的压轴戏。决赛要分出名次,为了公正,校方还特地请了四名专业评委和三位观众代表组成评委会,在主席台一侧就座。

第一个出场的是四（2）班的"少年国标舞"，四个男生和四个女生分别组成四对舞伴，他们飒爽的舞姿在华丽服装的映衬下显得格外灵动。音乐响起后，四对舞伴便在舞台上翩翩起舞，无论是举手投足还是目光相对，都十分到位和传神。其优点可用四个字概括：一个是"轻"，轻如羽毛，轻盈飘逸；一个是"稳"，稳如泰山，重心平衡；一个是"准"，动作规范，准确无误；一个是"洁"，干净利落，不拖泥带水。乐曲终了，四对舞伴来一个面向观众的优雅定格亮相，获得了热烈的掌声。

第二个上场的是六（2）班的"少年街舞"，一共有六个男生，上场来了一个"饿虎扑食"的集体亮相后，时而单独上场，表演一个头朝下、全身朝上的"陀螺旋转"；时而二人上场，用双手来一个"蝎子倒爬墙"的惊险动作；时而又三人一队，分成两组"英雄与好汉"比试高低。最精彩的是六个人集体表演的"伐树"：四个同学叠罗汉，形似一棵大树，两个同学在下面"锯木伐树"。之后，叠罗汉扮演大树的四个同学顺势自然倒下，动作极为惊险，全场观众都不由自主地大声"啊——"了一声。表演期间，

不时引起台下观众的喝彩声和尖叫声。

最后一个上场的是五（2）班的"少年蹦哒哒"集体舞，舞蹈是由刘丽丽老师和马达老师联合改编的，刘老师和马老师从我国民间传统的仙步舞和国外的响板舞、踢踏舞三种舞蹈中吸取适合少年体能的有益成分加以改编，由小强、小华和小胖三人领舞，五（2）班全体同学集体参加了演出。他们一律穿着整齐划一、美观质朴的校服，每个人脖子上艳丽的红领巾格外夺人眼球。整个舞蹈节奏张弛有度，音律有力明快，乐曲清亮悦耳，舞者神采奕奕，随着乐曲终了，50名少先队员整齐地举起右手向台下观众敬了一个少先队队礼，并同时大声喊出了五（2）班积极向上的奋进口号："读书立德、读书明理，快乐玩耍、健康成长。艳丽的红领巾，时刻准备着！"

口号声落，全场台上台下一片寂静，过了几秒钟后，一阵雷鸣般经久不息的掌声才猛地响起。直到这时，刘老师和马老师相互看了一眼，长长地吁了一口气，二位老师心有灵犀："我们成功了！不仅获得了好成绩，又为孩子们设计了一项强身健体、快乐成长的好玩法。"

决赛结果：四（2）班以美感获得了季军，六（2）班以力度获得了亚军，五（2）班以明快的节奏感、力度和美感"三合一"的优势，更以自创自编和全班集体参加的绝对优势征服了全体评委和全场观众，荣获了冠军，登上了最高领奖台。

在《步步高》的欢快乐曲声中，各班班主任把各班学生有序带离操场，文体大联欢在上午十点之前准时结束，红军路小学的暑假随之开始。

29

刘老师
还有一桩心事

　　今年暑假艾德华老师要回德国探亲，他对刘马二位老师说："我也要以百善孝为先的中国人为榜样，多尽孝道，回法兰克福去看望我的爸爸妈妈，当然也顺便试试能否在家乡谈一场恋爱，找到我的朱丽叶。如果天助我，真能找到一位志同道合又像刘老师一样美丽的新娘，我一定把她领到中国来共同协助刘老师把小学教育改革继续向前推进，做到善始善终。"刘老师说："非常感谢艾德华老师这一年来的鼎力相助，祝你心想事成，早日找到你的朱丽叶，并代问你父母一切安好！"

　　"怎么？你不和马老师一起送我去机场吗？"艾德华握住刘老师的手，久久不放，失望地问。

刘老师礼貌地对艾德华老师说："对不起，艾德华老师。我还有一桩心事未了，今天晚上必须完成，因为明天我要和马达回北京看望父母。"

"你的教改试验已经取得明显成果，上级领导决定在全校和全市推广。同时，你也完成了人生的终身大事，找到了马达老师这么一位高大帅的如意郎君，可谓双喜临门，你还会有什么心事未了呢？"艾德华不解地问。

刘老师解释道："五（1）班的荣光荣同学晕倒在考场的事，你不会不知道吧？小小年纪他的眼睛近视已高达500多度，实在让我不放心。这孩子天姿聪明，只是受其家长影响太大，已经掉队了，我曾经是他的老师，对他我不能坐视不管，解铃还须系铃人，今天晚上我要到荣光荣家去家访。实在对不起，艾德华老师，只好让马达一个人送你去机场了。"

听了刘老师的解释后，艾德华失望地叹息了一声，但又更加敬佩刘老师的敬业精神，说了一句对刘老师由衷赞赏的话："你真有一副菩萨心肠。"

晚七时，这对新婚夫妇兵分两路。马达送艾德华老师去机场，刘丽丽到离学校不算太远的幸福小区——荣

光荣家去家访。

在幸福小区大门口，刘老师意外碰到了荣光荣的母亲，正要上前打招呼，荣光荣母亲快走几步，抢先来到刘老师面前深深一鞠躬，并说："刘老师，我正要去学校找你负荆请罪呢，你这是到哪里去呢？"

刘老师赶紧上前扶住荣光荣的母亲，说："你言重了，我也正要到你家去看望荣光荣同学呢！真巧，我们竟在这里相遇了。怎么样？孩子的病好些了吗？"

荣光荣的母亲回答："谢谢刘老师牵挂，光荣这孩子身体已经无大碍了。我去找您的目的就是要请您看在孩子的分上，原谅我这个不知好歹的母亲。"

见荣光荣母亲如此虔诚地承认自己的错误，刘老师主动拉近距离："大姐，我看你比我大不了几岁，我这样称呼你，你不会介意吧？"荣光荣的母亲说："我这个德行，哪配刘老师叫我大姐，我是一家民营企业的出纳，他们都叫我荣会计。刘老师，已经到小区门口了，能否请您到我家坐一坐，喝杯茶，好吗？"

刘丽丽略加思索，说："天气挺热的，外面有点凉风，就不到您家里叨扰了，你我就在这小区文化广场聊一聊，可好？"

荣光荣母亲也略加思索地说："好，恭敬不如从命，就依刘老师的。"

她边说边把刘老师领到文化广场，在左侧一张木椅上坐了下来，正要相互对话，一个小姑娘滑着轮滑，在二人面前做了一个优美熟练的收步动作，停下后，主动打招呼："刘老师好，荣阿姨好！"原来是五（2）班的李莉，就是那个和王华跳花样跳绳的小姑娘，刘老师和荣会计同时说："李莉好！"李莉说了声"再见"一屈腿，轮滑鞋便把她飞速带入在广场上快乐玩耍的一群孩子中间去了。看着活泼可爱的李莉，荣光荣的母亲不由自主地长叹了一声，大概她触景生情，想到自己仍在病中的孩子了吧？

仍是荣光荣的母亲先开头："刘老师，您可能还不知道，光荣之所以会在考场上晕倒，完全是我这个糊涂妈妈一手造成的。考试的头天晚上我陪光荣做练习题一直到深夜十二点，直到全部做完才让他喝了一杯热牛奶上床睡觉……"刘老师打断她的话问："哪来的那么多练习题呢？"

荣光荣母亲回答说："为了能让光荣还考个头名，再得个309分，我打印了语文、数学、英语的猜测题，让孩子各做一遍，孩子做完后已是十点半了，我检查后，发现有几处错误，为了万无一失，我又逼着孩子订正了一遍。虽然孩子说他实在太困了，想睡觉，可他还是听我的话，硬着头皮把复习题又从头到尾地做了一遍。"

刘老师专注地听荣会计继续讲述："天刚亮，孩子就被我叫醒了，他说自己的头又晕又疼，我很生气地对他说，一个男孩子哪能这么娇气！咬牙坚持一天，309分到手后，就可以多休息几天了。后来才知道，在拿到第一张考卷时，他两眼冒金星，卷面上的字如一群小黑蚂蚁乱爬，他什么也看不清，心想无法完成妈妈的309分的心愿了。之后，面前一片漆黑，晕倒在地，就什么都不知道了。刘老师，是我这个只想满足自己虚荣心的妈妈害苦了儿子……"

说到这里，荣会计有点难以控制自己的情绪开始抽泣，刘老师从包里拿出纸巾，默默地递给了她。荣会计冷静后，又开始继续讲述："为什么孩子会这样听我的话呢？这要从头说起，还在光荣上幼儿园的时候，他爸爸就和我离婚了，并主动提出不要儿子的抚养权和看望权，他把他应得的全部财产，包括我和儿子现在居住的两室两厅的房产作为儿子的抚养费留给了我。孩子他爸姓甄，光荣这个名字还是他起的，甄光荣，多响亮啊！为了自己的尊严和面子，实际就是虚荣心，我把儿子的姓改为我的荣姓，并对那个狠心的男人说：'如果我不把儿子培养成才，就把儿子的姓名倒过来写。'他冷笑了一声说：'你很聪明，给自己留后路，即便把儿子培养成庸才和废品，他还叫荣光荣……'"

荣会计停顿了一下，苦笑了一声："刘老师，你看，倒真被那个无情无义的男人言中了，儿子被我逼病了。在儿子幼小的心灵里没有爸爸，只有妈妈，他对我的话唯命是从……我对不起儿子……"荣会计又开始抽泣。

来龙去脉和前因后果，刘老师都听明白了。她赶紧安慰荣会计说："荣会计，你不要这样悲伤，更不要太自责，望子成龙是每个父母的期望，孩子还小，只要方法得当一切都还来得及。"听了刘老师暖心的安慰，荣会计终于控制住了悲伤的情绪，她站起来，又向刘老师深深一鞠躬，然后说："刘老师能理解我、安慰我，让

我更加恨自己的糊涂与虚荣，我向刘老师请罪的同时，还希望刘老师看在孩子的分上能同意我的请求，让光荣重回你的班。"

刘老师站起来扶住荣光荣的母亲说："荣会计，你真的言重了，母亲爱孩子，有什么罪不罪的呢？不过现在市教育局已发文通知，把以减负为开端、让孩子们德智体美劳全面发展的教改试验，在全校和全市推广。所以，荣光荣在哪个班都是一样的。"

荣光荣的母亲说："不一样，别的老师只看重分数高低，刘老师虽然也看重学生的学习成绩，但你更看重学生的品德与身心健康。"

刘老师说："那是学校原来对老师执行的考核制度有偏差，唯分数论，今后这个奖惩制度会相应调整，分数高低是重要条件，但不是唯一条件。荣光荣自己是什么意见呢？"

"孩子执意要回到刘老师的班。"荣光荣的母亲回答。

"他没说什么原因吗？"刘老师问。

"他说，他原来只是做课外练习题的机器和分数的奴隶，今后他再也不愿当机器和分数奴隶了，他要找回自己快乐的童年，和班上其他同学一样在快乐中学习，健康成长。"荣光荣的母亲回答说。

"好，就冲孩子这个正确认识，我和五（2）班，不，过完暑假就是六（2）班了，都会双手欢迎他回到六（2）班。至于校方，我去说明情况，预计不会有阻力，至于五（1）班那边，我就不便去要人了。"刘老师说。

荣会计见到刘老师如此痛快地答应了自己的请求，转悲为喜，她说："五（1）班那边不用去说了，班主任已下了逐客令。因为荣光荣，她年终少拿了上万元的效益奖，让人带话给我说，荣光荣从哪里来回哪里去！"

刘老师放心地说："这就好办了。"

荣会计感激地说："刘老师，这叫我如何感谢你才好呢？"

刘老师说："还孩子本来应有的欢乐童年，让他们健康成长，是我们做老师和家长的共同责任和义务。说谢不谢的就把你我的关系说远了，如果荣会计一定要谢，那就请你在新学期开学时，给六（2）班领来一个活泼健康的荣光荣。"

说到这里，刘老师从身上掏出一页纸递给荣光荣的

刘老师还有一桩心事

母亲说："这是马达给你写的一封推荐信，他有一位钟姓好朋友在光明眼睛专科医院针灸科当主任，你不妨带孩子去试一试，利用暑假一个半月的时间，一定会有效的。当然，你也一定要密切配合，一是坚持按照医嘱准时去就诊；二是不要再让荣光荣做大量的练习题了，每天要保证他晚九时就寝，充足的睡眠对孩子的成长十分重要；三是要带孩子多到公园里和绿水青山的地方玩耍；四是要让荣光荣多运动，轮滑就是一项很好的运动……总之，我相信你这位望子成龙、爱子心切的母亲，只要能运用正确的方法，聪明听话的荣光荣一定是一个状元苗子呢！"

荣会计说："刘老师，快别提'状元'这两个字，我简直羞死了。"

刘老师说："荣会计，我是认真的，没有丝毫讥讽之意。"

荣会计把马达老师写的推荐信视为珍宝般折叠好装进口袋，说："请刘老师代我和孩子感谢马老师，我一定不会辜负二位老师对我们的关照。"

……

刘老师和荣会计在蒙胧月色下结伴而行，荣会计坚持把刘老师送到红军路小学门口，才依依不舍地往回走。当刘丽丽老师走近她和马老师的婚房时，看到房间里有灯光，她知道马达已经回来了，便不由自主地加快了脚步。此时此景，放下心中最后一桩心事的刘老师浑身上下空前轻松。

想着这群可爱的"红领巾"，她心中充满了欢乐，脸上洋溢着幸福……